Jean-Christophe Tixier

GUILTY
Dafür wirst du zahlen

JEAN-CHRISTOPHE TIXIER

GUILTY
Dafür wirst du zahlen

Aus dem Französischen
von Bernadette Ott

Wir reduzieren und vermeiden die Emissionen, die an unseren Produkten entstehen, fortlaufend und gleichen die verbliebenen Emissionen über ein Klimaschutzprojekt aus. Weitere Informationen zu dem Projekt: www.ClimatePartner.com/14044-1912-1001

Penguin Random House Verlagsgruppe FSC® N001967

Der Verlag behält sich die Verwertung der urheberrechtlich geschützten Inhalte dieses Werkes für Zwecke des Text- und Dataminings nach § 44 b UrhG ausdrücklich vor. Jegliche unbefugte Nutzung ist hiermit ausgeschlossen.

1. Auflage 2023
Erstmals als cbt Taschenbuch November 2023
© 2023 für die deutschsprachige Ausgabe
cbj Kinder- und Jugendbuchverlag
in der Penguin Random House Verlagsgruppe GmbH,
Neumarkter Straße 28, 81673 München
Alle deutschsprachigen Rechte vorbehalten
Die Originalausgabe erschien 2021 unter dem Titel
»Guilty. L'affaire Patty Johnson« bei © RAGEOT-ÉDITEUR, Paris, 2021.
Aus dem Französischen von Bernadette Ott
Umschlaggestaltung: Kathrin Schüler, Berlin
Covermotive: Trevillion Images (Maria Yakimova),
Shutterstock.com (Vector Tradition, Feaspb, Yurlick)
Grafiken im Innenteil: Marion Biffaud © RAGEOT-ÉDITEUR 2021
kk · Herstellung: AJ
Satz und Druck: GGP Media GmbH, Pößneck
ISBN 978-3-570-31566-8
Printed in Germany

www.cbj-verlag.de

Für Stéphane

Das Volk soll abstimmen!
Für mehr direkte Gerechtigkeit!
Mach mit!
(Offizielle App des
Justizministeriums)

    4,8 ★ ★ ★ ★   16+   988 k

Kostenloser Download

**Guilty –
Recht und Gerechtigkeit**

Mit der App *Guilty*
- die Profile aller Verurteilten einsehen, die zur vorzeitigen Haftentlassung freigegeben sind
- per Klick mitbestimmen, wer als Nächste*r freigelassen wird
- mittels GPS ihre Flucht verfolgen
- durch Push-Benachrichtigungen in Echtzeit über ihr/sein Schicksal informiert werden

Schuldig:
verantwortlich für ein Verbrechen, eine vorsätzlich oder fahrlässig begangene strafbedrohte Tat, eine Gesetzesübertretung

Artikel 1, 2 & 3 des Gesetzes zur vorzeitigen Haftentlassung

Artikel 1:
Jede schuldige Person kann nach Verbüßung der ersten drei Jahre der Haftstrafe für die sogenannte Volksjustiz freigegeben werden, bei der über eine vorzeitige Haftentlassung abgestimmt wird.

Artikel 2:
Jede*r Haftentlassene gemäß Artikel 1 bleibt in den Augen der Justiz und des Volkes schuldig und somit nach der Entlassung auf sich gestellt. Es besteht keinerlei Anspruch auf Hilfe oder Schutz vonseiten des Staates.

Artikel 3:
Einzelpersonen oder Gruppen von Personen bleiben bei einem Verstoß gegen das Leben der nach Artikel 1 Haftentlassenen straffrei.
Freiheitsberaubung und Folter der Haftentlassenen ebenso wie jede sinnlose Anwendung von Gewalt sind jedoch verboten und können eine Strafverfolgung nach sich ziehen.

Ich heisse Patty. Ich bin neunzehn Jahre alt.
Mein Leben hat sich an einem Januartag von einem Moment auf den anderen radikal verändert. Es war schönes, klares Wetter. Ungefähr vier Uhr nachmittags. Die Sonne stand bereits tief, die eine Hälfte der Straße lag schon im Schatten und eisige Kälte begann sich über alles zu legen. Keine Ahnung, warum sich in mein Gedächtnis so viele Einzelheiten eingegraben haben.
Die Straße mit ihren breiten Bürgersteigen erstreckte sich endlos lang. Die aufgereihten Bäume mit ihren kahlen Ästen bildeten einen stummen Trauerzug.
Iris wollte unbedingt die Zeitschrift haben, in der ein Artikel über ihre Lieblingsband stand, und schickte mich in den Laden rein, um sie ihr zu kaufen. Sie wartete lieber draußen auf mich. Ihren Rollstuhl hatte ich so geparkt, dass ihr die letzten Sonnenstrahlen ins Gesicht schienen. Ich wollte nicht, dass sie sich erkältete. Schnell die Bremsen reingeschoben und dann ab ins Geschäft. Die Zeitschrift sprang mir zwischen den vielen anderen in der Auslage sofort ins Auge. Iris hatte mir das Cover haargenau beschrieben. Durchs Fenster habe ich ihr mit dem Exemplar in der Hand zugewunken, sie hat gelächelt, danach habe ich mich an der Kasse angestellt.
Plötzlich starrte die Verkäuferin auf etwas, das hinter meinem Rücken auf der Straße geschah. Der Mund blieb ihr offen stehen. Wie die beiden anderen Frauen vor mir in der Schlange drehte

ich mich um. Nie werde ich vergessen, wie sich in diesem Augenblick das Rad in der Luft drehte … das Rad eines umgestoßenen Rollstuhls, das sich leer, lächerlich und sinnlos weiterdrehte.

Die Zeitschrift fiel mir aus der Hand. Ich stürzte nach draußen. Iris lag bewusstlos auf dem Boden. Aus ihrem Mund floss ein dünnes Rinnsal von Blut. Ich bat einen der Passanten, mit mir den Rollstuhl wieder aufzurichten, damit ich sie hineinsetzen konnte. Aber jemand sagte zu mir, man dürfe keinesfalls ihre Lage verändern, das sei gefährlich, er habe einen Krankenwagen gerufen, die würden sich gleich darum kümmern.

Ich kauerte mich neben Iris, streichelte ihr die Wange und bat sie, die Augen aufzumachen. *Bitte mach die Augen auf! Schau mich an!* Ich habe mit ihr geredet. Ich habe gar nicht mehr aufgehört zu reden. Ich habe ihr alles erzählt, was mir durch den Kopf ging. Sogar Geschichten habe ich für sie erfunden. Um uns herum hatte sich eine kleine Menschenmenge gebildet. Alle redeten durcheinander. Erzählten, was sie von der Tat mitbekommen hatten. Oder einfach, was sie gerade unbedingt loswerden mussten. Manche hatten beobachtet, wie es passiert war. Andere berichteten, in welche Richtung der Täter davongerannt war. Wieder andere klagten über die zunehmende Gewalttätigkeit in unserer Gesellschaft. Wegen nichts.

Wegen nichts? Nicht ganz. Später kam heraus, dass der Täter ihr das Handy klauen wollte. Das alles wegen einem Handy.

Ich hörte die Sirene des Krankenwagens. Hatte das Gefühl, dass es eine Ewigkeit dauerte, bis sie kamen. Dann waren sie da. Die Menge der Schaulustigen zerstreute sich. Ein Arzt beugte sich über meine Schwester, horchte sie ab, rief einen der Sanitäter herbei. Ich weiß nicht mehr, was er zu ihm sagte, nur dass seine Stimme ernst klang. Dringlich. Ununterbrochen machten sie irgendwelche Tests mit Iris. Ich musste dauernd die Blutflecken auf ihrem rosa Anorak anstarren, ihrem Lieblingsanorak. Schließlich haben sie meine Schwester vorsichtig auf eine Bahre gehoben und in den Krankenwagen geschoben. Ein Sanitäter fragte mich nach ihrem Namen und Vornamen, nach unserer Adresse. Er trug mir auf, unsere Eltern zu benachrichtigen, und teilte mir mit, in welches Krankenhaus sie Iris brachten. Und dann stand ich allein da und schaute dem Krankenwagen nach. Der Rollstuhl meiner kleinen Schwester lag immer noch umgekippt auf dem Bürgersteig. In meiner Erinnerung dreht sich das Rad immer noch.

Iris lag drei Tage im Koma. Wir haben uns an ihrem Bett abgewechselt. Am dritten Tag verschlechterte sich plötzlich ihr Zustand. Mitten in der Nacht ist sie gestorben. Meine Mutter war bei ihr.

Ich war damals sechzehn. Iris zwölf.

Sie war nicht mehr ganz in den Mädchenkokon eingesponnen, aber auch noch kein Schmetterling.

Es fehlen noch knapp eine Million Klicks. Dann wird der Täter vorzeitig aus der Haft entlassen.

1

Tag 1, 21.50 Uhr – Pattys Zimmer

Seraph_Up
Eine Million Klicks? Da kann ich dir helfen. Gewusst wie. ;-)
Die öffentliche Meinung ist leicht zu manipulieren, wenn man über die richtigen Instrumente verfügt.

21:50

Als sie diese Nachricht liest, macht Pattys Herz einen Hüpfer und fängt wie wild zu schlagen an. Sie starrt mit einer solchen Intensität auf die Sätze, dass sie kein einziges Mal mehr blinzelt. Nach ein paar Sekunden fangen die Buchstaben im bläulichen Licht des Displays zu tanzen an. Widersprüchliche Gefühle überfluten sie. Die Hoffnung, die Schwelle von drei Millionen Klicks zu erreichen, und dass dann der Mörder ihrer Schwester freigelassen wird. Ekel angesichts des zur Schau getragenen Zynismus von Seraph_Up. Wenn sie ehrlich mit sich selbst ist, sind es auch nicht die verwendeten Wörter, die ihr Unbehagen bereiten. Nein, es ist der zwischen die Sätze eingefügte Zwinkersmiley. Der eine Komplizenschaft signalisiert. Sie zur Komplizin machen will. Und dann ist da noch das Pseudonym, Seraph_Up, bei dem sie an das Bild auf dem Einband des Tagebuchs ihrer Schwester denken muss. Weiß der Schreiber oder die Schreiberin darüber Bescheid? Das Tagebuch liegt jetzt immer auf ihrem Nachttisch. Das Bild zeigt einen Engel, mit Flügeln natürlich, einen Arm auf einer Wolke abgelegt, den anderen abgewinkelt, mit der Hand das Kinn abstützend.

Patty hat immer schon daran geglaubt, dass es so etwas wie ein Leben nach dem Tod gibt. Und auch daran, dass es in der Welt geheimnisvolle Zeichen gibt, ausgesendet von denen, die auf die andere Seite gewechselt haben. Um diejenigen zu erleuchten und durch ihr Leben zu begleiten, die sie zu sehen vermögen. Iris ist tot. Ja. Für die meisten, die sie gekannt haben, bleibt von ihr nur dieses Tagebuch. Die Fotos, auf denen sie zu sehen ist. Und all die Erinnerungen, die ihre Liebsten tief im Herzen tragen. Sonst nichts. Aber sie, Patty, weiß, dass Iris da ist. Iris ist bei ihr. Sie begleitet sie. Sie lenkt ihre Schritte.

Patty steht auf, geht durchs Zimmer und greift nach dem Tagebuch. Sie streicht über den Einband. Liebevoll, fast liebkosend. Spürt, wie ihr Tränen in die Augen steigen. Sie hat sich angewöhnt, das Tagebuch wie ein Orakel zu verwenden. Als Hilfe, wenn sie nicht weiß, wie sie sich in einer Situation entscheiden soll, wie sie sich verhalten soll. Patty holt einmal tief Luft, schlägt blind eine Seite auf und liest: »Heute Morgen ist der Himmel so blau, dass die Vögel, die über ihn gleiten, Fischen gleichen. Wie gerne würde ich auch so schweben oder schwimmen können. So leicht sein, so beweglich. Davonfliegen. Den Wind in meinen Haaren spüren. Die Erde von oben betrachten und nie mehr landen. Nie mehr.«

Patty klappt das Tagebuch wieder zu. Tränen laufen ihr die Wangen hinunter. Beißen wie Säure. Einen Moment denkt sie nach, welche Botschaft ihr dieser Auszug aus dem Tagebuch senden will. Plötzlich ist ihr alles klar. Die Seele ihrer Schwester möchte gerne in den Himmel entschweben, doch irgendetwas hält sie zurück. Ist Seraph vielleicht der Schlüssel zu allem?

»Iris«, flüstert sie. »Du fehlst mir so sehr.«

Sie drückt das Tagebuch ihrer Schwester fest an sich, schaut auf das Foto an der Wand. Es wurde sechs Monate vor ihrem Tod aufgenommen, in einem Vergnügungspark. Das fröhliche Gesicht von Iris und ihr geöffneter Mund lassen erahnen, wie hell und laut sie aufjuchzt, als der Wagen, in dem sie sitzt, sich plötzlich in die Tiefe stürzt. Patty schließt die Augen, um den durchdringenden Schrei ihrer Schwester zu hören, der die laute Musik und das Lachen aller Kinder ringsum übertönt. Sie erinnert sich an das Strahlen von Iris, als der Wagen der Achterbahn schließlich am Ausgangspunkt wieder anhielt. Zwei Männer hatten ihr zurück in den Rollstuhl geholfen. In dem Augenblick aber, in dem das Foto aufgenommen wurde, gab es ihren Rollstuhl nicht mehr. Es gab die Lähmung ihrer Beine nicht mehr und auch nicht den Rattenschwanz an Problemen, den ihre Beeinträchtigung für sie nach sich zog. Iris war da einfach nur glücklich. Wie schön das anzusehen war!

Patty öffnet die Augen wieder. Einen Moment steht sie reglos da. Sie legt das Tagebuch auf den Nachttisch zurück. Schaut den Engel auf dem Einband an. Geht zu ihrem Schreibtisch, berührt die Tastatur, um ihren Computer aus dem Stand-by zu wecken. Eine neue Nachricht poppt auf.

Seraph_Up
Und, was ist? Interessierst du dich nicht für meinen Vorschlag?
Marc Bardys könnte dir entwischen.
22:04

Patty kann noch so sehr davon überzeugt sein, dass ihre Schwester ihr diesen Seraph geschickt hat – es ändert nichts daran, dass sie in diesem Augenblick erstarrt. Sie schaut um sich, fühlt sich beobachtet. Ja, geradezu ausspioniert. Sie steht auf, zieht den Vorhang an ihrem Fenster zu, kehrt an den Schreibtisch zurück. Setzt sich wieder hin. *Paranoia*. Aber das Wort laut auszusprechen, genügt nicht, sie hat weiter das Gefühl, dass ihr der Boden unter den Füßen weggezogen wird. Irgendwo, vielleicht am anderen Ende der Stadt, vielleicht ganz in der Nähe, nur zwei Straßen entfernt, beobachtet jemand, wie sie reagiert. Wartet auf ihre Antwort.

Sie sieht hinüber zu ihrem Bett, dorthin, wo das Tagebuch ihrer Schwester liegt. Geht dann auf die Website von *Guilty*, klickt die Seite an, auf der Zählerstand angezeigt wird.

Gladys Tromer
2 135 612

Marc Bardys
2 003 678

Charlie Viall
1 374 408

Der Mörder ihrer Schwester ist auf den zweiten Platz zurückgefallen.

Da packt sie plötzlich die Wut. Empörung flammt auf, die Wunde ist wieder aufgerissen. Sie will nur noch gegen diese Reihenfolge ankämpfen. Seit zwei Wochen stieg die Zahl der Klicks bei Marc Bardys unablässig nach oben, alles schien hervorragend zu laufen, sie konnte damit rechnen, dass die Anzahl von drei Millionen Klicks bald erreicht sein würde. Nur noch etwas Geduld, viel mehr brauchte sie nicht. Sie wies alle um sich herum auf die Abstimmung hin, schickte Mails an alle Freundinnen und Bekannten. Forderte sie dazu auf, Marc Bardys anzuklicken und die Mail an ihre eigenen Netzwerke weiterzuversenden. Sie hatte sogar mal bei einem Radiosender angerufen und sich in einer Sendung zu Wort gemeldet. Alle Zuhörenden aufgefordert, für die Freilassung des Mörders ihrer Schwester zu stimmen. Und alles schien gut zu laufen. Bis jetzt. Jetzt reichen ihre kleinen Aktionen nicht mehr aus. Marc Bardys scheint ihr zu entwischen.

Patty denkt an das Versprechen, das sie Iris im Krankenhaus gegeben hat. Sie erinnert sich daran, als wäre es gestern. Ihre Mutter war hinausgegangen, um einen Kaffee aus dem Automaten zu holen, und hatte sie auf der Intensivstation mit ihrer kleinen Schwester allein gelassen. Patty hatte eine Einweghaube auf dem Kopf. Einen weißen Kittel übergezogen. Und an den Füßen diese merkwürdigen Überschuhe aus blauem Plastik.

Iris war mit Schläuchen an verschiedene Apparate angeschlossen. Das Beatmungsgerät sorgte dafür, dass sich ihr Brustkorb in regelmäßigen Abständen hob und senkte. Patty hatte auf dem Monitor die farbigen Linien verfolgt, die in Wellen an ihr vorbeitanzten. Eine makabre Farce, dachte sie. In regelmäßigen Rhythmen. Sie war ganz gebannt davon.

Eigentlich hatte sie die Hand von Iris nehmen wollen, ihre eigene Hand hineinschmiegen wollen. Aber sie hatte die Hand von Iris dann nur leicht gestreift. Sie lag so reglos und sanft da. Es hatte lange Minuten gedauert, bis sie ihren Blick endlich auch auf dem Gesicht ihrer Schwester ruhen lassen konnte. An manchen Stellen schimmerten unter dem Verband Wundschorf und blaue Flecken hindurch. Der Rest des Gesichts war bleich, ohne Ausdruck. Fast nicht wiederzuerkennen. Das war es, was Patty am stärksten aufbegehren ließ. Mit den Lippen hatte sie vier Wörter geformt. *Er wird dafür bezahlen.* Und diese vier Wörter verbanden sie wie ein feierlicher Schwur mit ihrer Schwester. Ihre ganze Wut hatte sie darin gebündelt und zu verwandeln versucht. Damit versuchte sie, deren Lebenskraft anzufachen. Umsonst.

Seither wächst in Patty jeden Tag stärker die Überzeugung, dass Iris keine Ruhe finden wird, solange ihr Mörder friedliche Stunden im Gefängnis oder sonst wo verbringt.

»Er wird dafür bezahlen.«

Dämmerung senkt sich über Pattys Zimmer, in dem sie am Schreibtisch sitzt. Sie fröstelt. Steht abrupt auf und macht die Deckenlampe an. Das grelle Licht blendet sie. Gibt ihr Sicherheit. Sie setzt sich wieder an den Schreibtisch, starrt auf den Bildschirm. Spürt, wie sie im Kopf Gewissheit gewinnt, ja, sie ist sich jetzt sicher. Sie spürt, wie diese Gewissheit wächst und wächst und in kürzester Zeit alle anderen Gedanken auslöscht. Macht sich daran, auf die Nachricht von Seraph_Up zu antworten, zögert einen letzten Augenblick. Ihre Hände halten über der Tastatur kurz inne.

»Er wird dafür bezahlen«, murmelt sie noch einmal.

Sie würde dem Fremden am liebsten davon erzählen, wie schön ihre kleine Schwester war, welche Träume sie hatte. Wie sehr sie, Patty, ihre kleine Schwester bewunderte. Für ihre Tapferkeit, mit der sie Tag für Tag lächelnd ihr Leben meisterte. Drei Tage durchhielt, bis sie schließlich starb. Aber Patty will nicht den Eindruck erwecken, sich rechtfertigen zu müssen. Deshalb beschränkt sie sich in ihrer Antwort auf das Wesentliche:

Patty @Seraph_Up
Was schlägst du vor?
22:28

Danach starrt sie auf den Bildschirm, wartet auf eine Antwort. Vielleicht hätte sie weniger direkt sein sollen. Hätte erst einmal versuchen sollen, mehr über ihren geheimnisvollen Gesprächspartner herauszufinden. Sie denkt noch darüber nach, was sie der Frage hinterherschicken könnte, da poppt die Antwort auf.

Seraph_Up @Patty
Möglichkeiten kenn ich viele, daran mangelt es nicht.
Mit Ergebnisgarantie. Am besten treffen wir uns.
22:29

Die Luft erstarrt. Patty fährt sich mit der Hand übers Gesicht, als wolle sie ihre letzten Zweifel wegwischen.

Patty @Seraph_Up
Wann?
22:29

Seraph_Up @Patty
Jetzt. Warum noch länger warten?
22:30

2

Tag 1, 22.58 Uhr – Ostpark

Ein junger Mann rennt um sein Leben, gejagt von einem Dutzend anderer junger Männer. Einer davon schwenkt einen Baseballschläger über dem Kopf, ein anderer hat die rechte Hand am Gürtel, dort, wo ein Messer steckt. Der fliehende junge Mann wirft einen Blick über die Schulter zu seinen Verfolgern. Der Abstand wird immer geringer. Er spürt die Gefahr, rennt noch schneller, hört hinter sich Schreie, laut, gellend, die Stimmen bedrohlich, ununterscheidbar. Er lässt sich dadurch nicht aufhalten, im Gegenteil. Rennt mit aller Kraft weiter, mit der Kraft der Verzweiflung – bis vor ihm eine andere Gruppe auftaucht und ihm den Weg versperrt.

Das Gesicht des jungen Mannes verzieht sich zu einer Fratze des Horrors. Die Schlinge zieht sich um ihn zusammen. Er springt an dem Zaun links von ihm hoch. Macht strampelnde Bewegungen, um hochzuklettern, seinen Verfolgern zu entkommen. Aber die sind schon da. Zerren an seinen Beinen. Zerren ihn nach unten. Einer kriegt sein T-Shirt zu packen. Der Stoff zerreißt. Sein nackter Rücken leuchtet auf. Der junge Mann versucht immer noch, zu entkommen, tritt um sich, will weiterklettern. Will es über den Zaun schaffen. Vergeblich. Alle sind da. Sie stürzen sich auf ihn. Zerren ihn nach unten. Seine Finger lassen los. In der nächsten Sekunde liegt er auf dem Boden. Hebt die Hände als Zeichen der Kapitulation. Er verliert die Kontrolle über sich. Dreht durch. Schlägt und tritt verzweifelt in alle Richtungen.

Patty dreht den Kopf weg und steckt das Handy hastig in die Hosentasche. Die Szene widert sie ihn. Sie will das nicht sehen. Will es nicht mit ansehen müssen. Will nicht wissen, wie es weitergeht. Das Ende.

»Kommt von einer Überwachungskamera.«

Patty zuckt zusammen. Dreht sich um. Vor ihr steht ein großer, stämmiger Typ, muskelbepackt, breite Schultern, stiernackig, kleiner Kopf.

»Bist du Seraph_Up?«

Er nickt.

Das Lynchvideo hat er ihr exakt in der Sekunde geschickt, als sie den umzäunten Park betreten hat. Dort hat er sich mit ihr verabredet. Alles an seiner Inszenierung und seinem Auftritt scheint wohlüberlegt. »Links vom Sandkasten, bei der Rutsche«, hatte er ihr geschrieben. Der Park ist in der Nähe der Straße, in der ihre Schwester beklaut und umgestoßen wurde. Um diese Uhrzeit ist dort kein Mensch. Patty fröstelt es. Wie dumm war sie eigentlich, sich auf diese Verabredung einzulassen? In ihrer Jackentasche umklammert sie das Tränengasspray, das sie überall dabeihat. Ein hochwirksames Verteidigungsspray, das ihr Sicherheit gibt. Davon eine Dosis in die Augen des Angreifers und sie hat Zeit, um davonzurennen und sich in Sicherheit zu bringen. So jedenfalls verspricht es die Werbung.

»Also, was schlägst du vor?«

Mit der Frage hofft sie, ihre Unsicherheit zu überspielen.

»Du brauchst vor mir keine Angst haben.«

Patty räuspert sich.

»Ich habe keine Angst.«

Trotzdem will sie nur eins: davonrennen. Sie mustert Seraph, während sie auf seine Antwort wartet. Er blickt kurz ringsum. Ein Pärchen spaziert auf dem Bürgersteig vorbei, entfernt sich.

»Ich bin überall in den sozialen Medien unterwegs.«

»Ist das alles?«

Patty weiß, dass ihr Tonfall schneidend ist. Seit dem Tod von Iris ist das so. Sie kann gar nicht mehr anders. An dem Tag des Überfalls auf Iris wurde ihr mit einem Schlag klar, dass sie in einer Welt voller Gewalt lebte. Und sie legte sich daraufhin einen so dicken, harten Panzer zu, dass sie manchmal gar keinen Kontakt mehr zu anderen herstellen kann.

Sie setzt sich auf die Parkbank hinter ihr, macht dem Typ ein Zeichen, sich auch zu setzen. Sie wirken beide fast, als hätten sie sich das erste Mal verabredet und versuchten nun eine schüchterne Annäherung ... ein junges Liebespaar auf einer Bank, müssen sich neugierige Passanten denken. Die perfekte Tarnung.

»Was heißt hier, das ist alles? Die sozialen Medien sind ein riesiger Echoraum für alle Unsicherheiten und Ängste, die die Leute mit sich rumschleppen. Man muss ihnen dort geben, was sie haben wollen. Füttere in die Netzwerke das Richtige rein und sie verstärken es in rasender Geschwindigkeit.«

»Genau das mache ich!«

Er grinst.

»Na ja. Für wirklich hohe Wellen reicht das, was du machst,

nicht aus. Du brauchst die richtigen Netzwerke, eine anständige Followerzahl. Ich habe alles, was dir fehlt.«

Er zieht ein Päckchen Zigaretten aus der Tasche, bietet ihr eine an. Sie winkt ab. Er zündet sich eine Zigarette an. Atmet den Rauch durch die Nase aus.

»Ich schmeiß die Maschine für dich an. Für dich mach ich's kostenlos.«

»Was heißt hier kostenlos?«, fragt sie erstaunt.

Seraph grinst wieder und diesmal blitzen im Mondschein seine Zähne dabei auf. Zwei regelmäßige, perfekte Zahnreihen.

»Na ja, es gibt Leute, die Shit verkaufen und auf die Rammbockmethode ihr Geld verdienen. Und dann gibt es solche wie mich, die sich auf moderne Technologien spezialisiert haben. Ich verkaufe meine Dienste an die, die mir am meisten dafür bieten.«

»Und jetzt? Hier bei mir? Wer gibt dir da das Geld?«

»Diskretion ist bei meinem Beruf der Schlüssel zum Erfolg. Sagen wir mal, dass gewisse Leute ein Interesse daran haben, dass Marc Bardys aus dem Gefängnis entlassen wird.«

»Warum?«

»Je weniger Fragen ich stelle, desto besser für mich. Das ist eine der Grundregeln. Solltest du auch befolgen.«

Patty lässt sich davon nicht abhalten weiterzufragen.

»Okay, Sie wollen, dass Marc Bardys entlassen wird. Aber wozu brauchen Sie da mich?«

»Dich wollen die Menschen sehen und hören. Du sprichst ihre Zweifel und Ängste an. Du lieferst ihnen die Gründe, warum sie auf *Guilty* dafür voten sollen, dass Marc Bardys freigelassen wird.«

Patty bemüht sich, etwas Ordnung in ihre Gedanken zu bringen.

»Wenn es dir gelingt, das Herz deiner Follower zu rühren, dann teilen sie, was du gepostet hast«, quasselt der Typ weiter. »Dann kannst du dir keine besseren Botschafter für deine gute Sache denken. Was Iris passiert ist, wird alle zu Tränen rühren, Mädchen und Jungs, Erwachsene, alle.«

Patty würde ihm am liebsten verbieten, den Vornamen ihrer Schwester in den Mund zu nehmen. Aber sie sagt nichts. Sieht nur wieder das Rad des umgestürzten Rollstuhls vor sich. Wie es sich in der Luft dreht.

»Marc Bardys ist heute nur auf dem zweiten Platz. Gib mir eine Woche und er liegt vorne und hat die Schwelle von drei Millionen Klicks geknackt. Das ist absolut drin.«

»Eine Woche«, murmelt sie.

»Vielleicht reichen auch zwei, drei Tage. Wenn die Maschine einmal in Gang gesetzt ist, kann sie nichts und niemand mehr aufhalten.«

Patty kommt innerlich kaum nach.

»Eine Woche«, wiederholt sie noch einmal.

Das lässt ihr wenig Zeit, um sich auf die Haftentlassung von Marc Bardys vorzubereiten. Sie hat sich bisher nie wirklich gefragt, was danach passieren soll. Wie sie sich dann verhalten will. Plötzlich kommt ihr das alles völlig irrsinnig vor. Sie fühlt sich, als würde sie an einem Abgrund stehen und jemand würde ihr ins Ohr brüllen, sie solle springen.

Der Typ reicht ihr sein Handy. Auf dem Display läuft das Video mit dem Lynchmord, das er ihr geschickt hat.

»Die Leute, für die ich arbeite, haben die richtigen Männer an der Hand. Die wissen genau, was sie tun müssen, damit Bardys nach seiner Freilassung dasselbe passiert wie dem hier. Bardys schuldet ihnen jede Menge Geld. Geld, das sie nie mehr wiedersehen werden.«

Patty starrt auf den jungen Mann, der im Video auf dem Boden liegt, umringt von seinen Verfolgern. Sie treten ihn und prügeln auf ihn ein. Ein Rausch von Tod und Zerstörung hat alle gepackt.

Sie springt auf, stößt das Handy von sich fort.

»Marc Bardys gehört mir!«

Es ist 23 Uhr, und Sie hören Radio Plus, den Sender, mit dem Sie die neuesten Nachrichten miterleben können, als wären Sie vor Ort. Der Titel unserer Sondersendung heute lautet: Wer wird der Nächste sein?

Wie jedes Mal finden sich drei Namen auf der Liste der Gefangenen, die nach dem Gesetz zur vorzeitigen Haftentlassung für eine Abstimmung freigegeben sind. Diese Möglichkeit des Volkes, selbst und direkt Gerechtigkeit zu üben, ist in unserem Land einzigartig. Wer von den Genannten – Gladys Tromer, Marc Bardys oder Charlie Viall – als Erste oder als Erster drei Millionen Klicks erreicht, wird unmittelbar danach aus der Haft entlassen. Jede Bürgerin, jeder Bürger und alle diversen Mitbewohnenden unseres Landes können danach selbst ihr Recht auf Volksjustiz in die Hand nehmen. Die beiden anderen Gefangenen bleiben inhaftiert und werden regulär ihre Strafe absitzen.

Und jetzt wird es spannend! Ich blicke auf den Zählerstand. Was sich in den letzten Tagen bereits deutlich abgezeichnet hat, bestätigt sich auch jetzt. Gladys Tromer liegt vorne, mit 2 136 972 Klicks. Sie wurde wegen Totschlags verurteilt, begangen an ihrem Chef, nachdem dieser sie beim Diebstahl ertappt hatte. Hinter ihr auf Platz zwei haben wir Marc Bardys mit 2 007 836 Klicks. Er wurde wegen tätlichen Angriffs mit Todesfolge verurteilt. Sein Opfer war die zwölfjährige Iris, ein

Mädchen mit körperlicher Beeinträchtigung, das auf den besonderen Schutz der Gesellschaft angewiesen war. Weit abgeschlagen an dritter Stelle steht schließlich noch Charlie Viall mit 1 375 729 Klicks. Er wurde wegen Mordes verurteilt, begangen im Rahmen eines Machtkampfes zwischen zwei rivalisierenden Banden.

Wir begrüßen jetzt unseren ersten Hörer, der sich dazu äußern möchte.

Ron, was ist Ihre Meinung zu dieser Rangfolge?

»Ich habe für Gladys Tromer abgestimmt.«

Könnten Sie uns erläutern, warum?

»Na ja, also für mich stellt sich das bei den drei Fällen so dar: Einmal gibt es da den Streit zwischen zwei kriminellen Banden. Dieser Viall hat einen anderen Gangster umgebracht. Macht einen weniger. Und bei den anderen haben wir zwei unschuldige Opfer. Eine junge Behinderte und einen Boss. Ich finde, es ist schwerwiegender, einen Boss zu töten, weil er für die Gesellschaft nützlicher ist als eine behinderte Person.«

Wollen Sie damit sagen, Ron, dass ein Menschenleben unterschiedlich viel wert ist? Je nachdem, ob es sich um einen Boss, ein behindertes Mädchen oder einen Kriminellen handelt?

»Na klar. Und mit der Meinung bin ich offenbar nicht allein. Sonst hätten ja nicht so viele für Gladys Tromer gestimmt.«

Der Tod des Mädchens im Rollstuhl rührt Sie nicht?

»Ja, schon. Aber wer weiß, wie lange sie noch gelebt hätte. Mit ihrer Behinderung.«

3

Tag 2, 6.25 Uhr - Pattys Zimmer

Patty hat unruhig geschlafen. Hatte Albträume. Mehrmals ist sie mitten in der Nacht aufgewacht. Konnte irgendwann nicht mehr einschlafen. Ist aufgestanden, um ein Glas Wasser zu trinken, aufs Klo gegangen. Sogar warm geduscht hat sie. Nichts hat geholfen. Sobald sie im Bett lag, fing das Gedankenkarussell wieder an. Quälend und unbarmherzig. Immer wieder wollte sie schon ihren Computer hochfahren oder nach ihrem Handy greifen, um sich abzulenken. Aber sie hatte Angst, auf eine Nachricht von Seraph zu stoßen. Stellte das Handy lieber aus. Gestern Abend hatte sie Seraph von jetzt auf gleich sitzen lassen. Sie ist regelrecht davongerannt. Er wollte sie noch aufhalten, aber ohne Erfolg. Ihre Enttäuschung war viel zu groß. Sie kam an Marc Bardys nicht ran. Wenn Seraph ihr dabei helfen würde, ihn aus dem Gefängnis rauszubekommen, würden die Leute, für die er gearbeitet hatte, über ihn herfallen. Er würde nicht deshalb sterben, weil er daran schuld war, dass Iris gestorben war. Sondern weil er Schulden angehäuft hatte, die er nicht zurückzahlen konnte. Nimmt sie aber Seraphs Angebot nicht an, lässt sie sich nicht von ihm helfen, dann bleibt er vielleicht für immer in Haft. Und dann?

Sie denkt an die Sätze, die sie gestern Abend in Iris' Tagebuch gelesen hat. Als sie es zufällig an irgendeiner Stelle aufgeschlagen hatte. Dass Iris dort geschrieben hat, sie würde am liebsten davonfliegen. Für immer.

»Schon auf?«, fragt ihre Mutter.

Wie jeden Morgen frühstückt Patty mit ihren Eltern. Ihre Mutter ist leitende Angestellte in einem Transportunternehmen. Ihr Vater ist Sportlehrer. Sie spürt, wie sie sich im Lauf der Jahre immer weiter voneinander entfernt haben. Der Tod von Iris hat daran nichts geändert. Pattys größter Wunsch ist es, auszuziehen und eine eigene Wohnung zu haben. Aber sie hat es bisher nicht getan. Sie hat das Gefühl, der letzte Kitt zu sein, der die Ehe ihrer Eltern noch zusammenhält.

Sie stellt ihr Handy an. Sofort beginnt es zu vibrieren. Drei neue Nachrichten. Alle drei von Seraph.

Seraph_Up @Patty
Meld dich bitte noch mal.
Gestern 23:12

Seraph_Up @Patty
Du brauchst mich! Und meine Auftraggeber brauchen dich!
Gestern 23:51

Seraph_Up @Patty
Wenn du einen Beweis dafür haben willst, was ich in kurzer Zeit schaffen kann, dann wirf mal einen Blick auf den Zähler von Charlie Viall. Ich hab dafür gesorgt, dass seine Klicks

über Nacht um 250 000 in die Höhe geschnellt sind. Wir können immer noch eine Vereinbarung treffen. Ruf mich an.

06:23

»Alles in Ordnung?«, fragt ihre Mutter.

Ihr Vater mustert sie einen Augenblick, lächelt ihr dann zu und schickt ihrer Mutter ein komplizenhaftes Augenzwinkern, um ihr zu signalisieren, dass sie sich keine Sorgen machen soll. Ihm wäre es sehr recht, wenn sie bald aus dem Nest fliegen, heiraten, Kinder kriegen und ihn und seine Frau zu glücklichen Großeltern machen würde. Darauf hat Patty absolut keine Lust. Wie soll sie ihnen verständlich machen, was sie wirklich beschäftigt? Gerade hat sie gecheckt, dass die Klicks bei Charlie Viall tatsächlich durch die Decke gegangen sind. Sie will nicht, dass Marc Bardys sich ihr für immer entzieht, ganz gleich auf welche Art.

Sie kippt einen Kaffee runter, greift nach ihrem Mantel.

»Ich komm heute wahrscheinlich später nach Hause«, sagt sie und geht aus dem Haus, bevor ihre Eltern irgendwelche Fragen stellen können.

Draußen scheint die Sonne. Patty geht die Straße entlang bis zur Bushaltestelle. Es gelingt ihr nicht, die Anspannung loszuwerden, die die letzte Nachricht von Seraph bei ihr ausgelöst hat. *Eine Vereinbarung.* Das Wort geht ihr nicht aus dem Kopf. Was er wohl damit meint? Worauf muss sie sich gefasst machen?

Während sie die Straße entlanggeht, spürt sie im Nacken ein Frösteln, wie feine Nadelstiche, so als würde sie jemand beobachten. Aber sie dreht sich nicht um. Hat nicht die Kraft dazu. Sie beschleunigt die Schritte. Das Herz klopft ihr bis zum Hals, ihr wird schwindlig, sie hat Angst, ohnmächtig zu werden.

Eine Vereinbarung, wiederholt sie innerlich immer wieder. Der Bus kommt und sie steigt ein. Setzt sich ganz nach hinten. Sie greift in der Jackentasche nach ihrem Handy, um Seraph zu antworten. Will mehr erfahren. Beschließt, erst einmal doch nichts zu tun. Wer Vereinbarung sagt, meint Verhandlung. Und dazu fühlt sie sich noch nicht bereit. Seraph weiß mehr über sie als sie über ihn, was ihm einen gewaltigen Vorsprung verschafft. Vielleicht ist er es. Vielleicht beobachtet er sie. Als der Bus endlich anfährt, dreht sie sich um. Die Straße liegt verlassen da.

Patty redet sich weiter ein, dass sie es auch ohne ihn schaffen kann. Würde allzu gern daran glauben. Damit es ihre Rache bleibt. Damit Marc Bardys für das Verbrechen an ihrer Schwester zahlt und nicht für etwas anderes. Er soll wissen, dass er deswegen stirbt. Sein Tod soll eine Botschaft an alle Verbrecher sein, die bereit sind, wegen eines Diebstahls einen anderen Menschen zu töten. Eine klare Botschaft. Eine Lektion für alle. Damit sich so etwas nie mehr wiederholt.

Während sie im Bus sitzt, stellt Patty einen neuen Post online, von dem sie hofft, dass daraufhin der Zähler von *Guilty* nur so abgeht. Ein Foto des umgekippten Rollstuhls ihrer Schwester. Dasselbe, das am Tag nach der Tat in den Zeitungen abgedruckt gewesen war. Darunter schreibt sie: *Marc Bardys hat meine kleine Schwester, die im Rollstuhl saß, umgebracht. Er ist ein mieser Feigling! Beteiligt euch an der Abstimmung auf* Guilty! *Stimmt für ihn!*

Danach geht sie auf die App. Innerhalb weniger Sekunden schnellen dort die Klicks nach oben. 2 009 625. 2 009 703. 2 009 899. 2 009 930. 2 010 034.

Jedes Mal, wenn der Zähler um eine Ziffer weiterrückt, spürt sie, wie ihr Herz vor Freude schneller schlägt. 2 010 037.

Sie verlässt *Guilty* und kehrt zu ihrem Post zurück. Ein Kommentar darunter fällt ihr besonders auf:

Vollrausch++ @Patty
Wenn deine Schwester auf ihrem motorisierten Untersatz nicht betrunken unterwegs gewesen wäre, wäre sie nicht vom Weg abgekommen und hätte sich nicht überschlagen! Zum Glück saß sie nicht am Steuer eines Autos 😃
Ihr Mörder hatte echt ein leichtes Spiel. lol.

07:23   ♥ : 57   🔁 : 23   💬 : 1

Ha-ha-ha-Humor, dem es egal ist, ob andere dadurch verletzt werden, Hauptsache, es kann ein schäbiger Witz gemacht werden? Verachtung für alle Menschen, die körperlich beeinträchtigt sind? Oder die andere von der Norm abweichende Merkmale besitzen? Während Patty darüber nachdenkt, hat der Kommentar weitere siebzehn Likes erhalten und ist sieben Mal geteilt worden.

Sie fängt an zu zittern. Ruft wieder die App *Guilty* auf. Es ist, wie sie befürchtet hat. Die ratternden Klicks bei Marc Bardys haben aufgehört. Nichts bewegt sich mehr. Patty macht unwillkürlich mit der linken Hand eine Faust und schlägt gegen die Rückenlehne des Vordersitzes.

Vollrausch++. Wer sich wohl hinter diesem Pseudonym versteckt? Wer wählt sich so was aus? Junge? Mädchen? Jugendliche*r? Erwachsene*r? Sie wird es nie erfahren. Hass schwappt in ihr hoch. Auf alle diese Vollpfosten, die solche Kommentare schreiben. Und auf alle, die solche Kommentare liken und teilen. Sie wischt wieder nach oben zum Zähler. Nichts bewegt sich mehr bei Marc Bardys. Der leichte Wellenschlag, den sie durch das Foto des umgekippten Rollstuhls ihrer Schwester ausgelöst hatte, ist abgeebbt. Sie müsste Hunderte solcher Posts absetzen, immer wieder und wieder und wieder, damit sich beim Zähler auf Dauer etwas bewegt. Und selbst dann wäre noch nicht sicher, ob es reichen würde, um den Mörder ihrer Schwester freizubekommen.

Patty verliert die Hoffnung. Wie vernünftig ist es denn überhaupt, an eine bessere Zukunft zu glauben? Daran zu glauben, dass die Welt ein besserer Ort werden kann? Diese bessere Welt mitgestalten zu wollen?

»Pattyyyyyyyyyyyyy!«, brüllt Jules, als sie zur Tür hereinkommt. Er setzt sich in seinem Rollstuhl blitzschnell in Bewegung, um sie zu begrüßen.

Hinter ihm tauchen Emma, Gil und Andrea auf, rufen und winken. Jeden Morgen ist das so, wenn sie kommt. Ein wahres Begrüßungsfest.

Patty arbeitet in einer sozialen Einrichtung, der Villa Zacharias, benannt nach ihrem Gründer, der der Stiftung zugleich seine Villa vermacht hat. Es handelt sich um ein Heim für Jugendliche mit besonderen körperlichen und kognitiven Beeinträchtigungen. Eine Heimat für Kinder und Jugendliche, die nicht bei ihren Familien bleiben können. Nach dem Tod von Iris wollte Patty sich nützlich fühlen. Und als in der Einrichtung nach einer Tagesbetreuerin gesucht wurde, hat sie sofort zugegriffen.

»Glaubst du, dass unser Leben weniger wert ist als das der Menschen ohne Behinderung? Der verhinderten Behinderten?«, fragt Jules, als er vor ihr zu stehen gekommen ist.

Die Direktheit seiner Frage, die brutale Klarheit, mit der Jules sie stellt, haut Patty fast um. Sie geht vor seinem Rollstuhl in die

Hocke und nimmt seine Hände in ihre. Jules ist vierzehn, zugleich verletzlich und selbstbewusst. Willensstark. Seine großen Leidenschaften sind Fußball und Kochen. Eine neurodegenerative Erkrankung kratzt jeden Tag etwas mehr an seiner Selbstständigkeit. Er lässt sich davon nichts anmerken.

»Warum fragst du mich das?«

»Gestern im Radio hat das einer gesagt.«

Patty holt tief Luft.

»Der ist ein totaler Idiot! Aber so was von! Lass dich von dem nicht verarschen!«

»Patty, du hast *verarschen* gesagt«, mischt sich Gil ein. »Meine Mutter sagt immer, dass man solche Wörter nicht –«

»Deine Mutter hat dich seit über einem Jahr nicht mehr besucht«, unterbricht sie Jules.

»Deine dich auch nicht.«

Patty hebt die Hände, das Zeichen, dass alle beide damit aufhören sollen. Die Sätze schneiden ihr ins Herz.

Sie zählt laut: »Drei, zwei, eins.«

Solange sie rückwärts zählt, blitzen Jules und Gil sich feindselig an. Danach brechen sie in Lachen aus. Ihre Strategie hat wieder mal funktioniert. Drei Sekunden lang haben die Streitlustigen das Recht, alle Verwünschungen vor sich hin zu murmeln, die sie ihrem Gegner gern an den Kopf werfen würden. Das befreit sie von ihrer Wut. Dann kann es weitergehen.

Patty schiebt Jules in den Aufenthaltsraum. Ihre eigene Wut ist keinen Millimeter kleiner geworden. Sie denkt wieder an Marc Bardys, an ihre Schwester, an den umgekippten Rollstuhl, an den Kommentar von Vollrausch++.

Vor ihr kichern Jules und Gil sich einen ab.

Sie will es nicht nur für Iris tun, sondern für sie alle.

SPORTSCHÜTZENCLUB
Schützenscheibe Nord

Schießsport, eine Schule der Konzentration und der Selbstbeherrschung

Herzlich willkommen! Gemeinsam sind wir stark.

Lust, den Schießsport zu entdecken?
Bist du ein erfahrener Schütze? Suchst du nach einem Verein,
in dem du deine Leistung steigern kannst?

Komm zu uns!

Ob Anfänger oder Fortgeschrittene –
alle sind bei uns herzlich willkommen!
Gemeinschaft wird bei uns großgeschrieben.
Bei den letzten internationalen Meisterschaften haben
Mitglieder unseres Vereins fünf Medaillen gewonnen,
darunter eine Goldmedaille.

4

Tag 2, 17.43 Uhr – Sportschützenclub

Der Knall zerreißt die Luft mit der Gewalt eines Gewitterschlags. Wie Blitz und Donner während eines mächtigen Sturms. Bei jeder neuen Explosion zuckt Patty zusammen und kommt sich vor wie ein verängstigtes kleines Mädchen. Die Stille, die darauf folgt, lastet umso schwerer in der Luft. Ob sie getroffen hat? Patty lässt das Gewehr sinken, kneift die Augen zusammen, blickt nach vorne, zur Schießscheibe. Daneben.

»Du bist viel zu verkrampft.«

Patty dreht sich um. Die junge Frau ist kaum älter als sie. Sie ist groß, schlank und trägt einen Overall mit Tarnmuster, der an Jagdkleidung erinnert. Weniger an den Kampfanzug eines Soldaten.

»Jane«, stellt sie sich vor, mit einem spielerischen militärischen Gruß.

»Ich bin Patty.«

»Bist du das erste Mal hier? Ich hab dich noch nie bei uns gesehen.«

Patty nickt. Jane steht abwartend vor ihr. Ruhig. In aufrechter

Haltung, die Hände in die Hüften gestützt. Sie strahlt eine Selbstsicherheit aus, die sich durch nichts so leicht erschüttern lässt. Mit lebhafter Bewegung wirft sie ihren langen Pferdeschwanz zurück. Schaut Patty weiter in die Augen. Patty ist von ihrem Blick gefesselt.

»Ja. Ich hab das Plakat gesehen. Und da hab ich Lust bekommen, es mal zu versuchen«, antwortet sie.

Jane lächelt.

»Ich bin seit zwölf Jahren Mitglied hier.«

Patty staunt sie mit weit aufgerissenen Augen an.

»Mein Vater hat mich bereits als Kind hierher mitgenommen«, erklärt Jane. »Mit dreizehn hab ich dann mit dem Schießen angefangen. Ich hab sofort gespürt, dass das mein Ding ist. Ich gehöre einfach hierher auf den Schießplatz. Zielen, schießen, das alles macht mir Spaß.«

Als Patty nichts sagt, nimmt Jane das als Signal, weiterzureden.

»Das liegt uns allen noch in den Genen. Wir Menschen waren in der Urzeit alle Jäger. Alle mussten irgendwann töten, um zu überleben. Ein wildes Tier, einen Feind. Die Jagd musste für die Nahrung sorgen. Und bei mir hat sich die Erinnerung daran eben besonders gut bewahrt.«

Patty versucht, Ordnung in ihre Gedanken zu bringen.

»Wenn du Fortschritte machen willst, musst du dir ein Gewehr kaufen, das den Namen wirklich verdient. Die Dinger da vom Verein, die du dir ausleihen kannst, taugen nichts. Damit triffst du nicht mal einen Elefanten.«

Sie lacht auf, hart und hell, nimmt dann ihr eigenes umgehängtes Gewehr von der Schulter und reicht es Patty.

»Probier's mal mit dem hier«, sagt sie grinsend. »Dann wirst du den Unterschied zu deinem Schießknüppel da merken. So hat mein Großvater immer zu einem schlechten Gewehr gesagt. Lustiges Wort, finde ich. Schießknüppel.«

Wie der Vereinstrainer es ihr kurz zuvor gezeigt hat, überprüft Patty, dass keine Patrone mehr im Zylinderkopf steckt. Erst dann legt sie die Waffe auf den Boden.

»Gute Reaktion«, lautet Janes Kommentar. »Vorsicht ist das Allerwichtigste.«

Patty nimmt Janes Gewehr in die Hand. Sie ist überrascht, wie leicht es ist.

»Das Hauptmaterial ist Carbon«, erklärt ihr Jane. »Hat den Riesenvorteil, dass du nicht deine Kraft und Energie mit dem Herumschleppen der Waffe vergeudest. Du kannst dich total auf das Zielen und Schießen konzentrieren. Wenn du den ganzen Tag in der freien Natur herumstapfst, weißt du so was echt zu schätzen! Besser ein Kilo Federn als ein Kilo Stahl, sage ich immer.« Sie lacht.

»Du bist damit draußen unterwegs?«, fragt Patty erstaunt.

»Ja, kommt manchmal vor«, antwortet Jane ausweichend. »Ich liebe die aktive Jagd.«

Sie stellt sich hinter Patty, korrigiert sie beim Anlegen der Waffe. Zeigt ihr genau, wie sie den Kolben gegen die Schulter stützen muss. Jane kennt sich wirklich mit allen Regeln der Schießkunst aus, denkt Patty.

»Entspann dich«, sagt Jane. »Konzentrier dich auf deine Atmung. Versuch, mit dem Bauch zu atmen. Du musst deine Waffe festhalten, ohne dich dabei zu verkrampfen.«

Patty atmet tief ein. Danach langsam wieder aus. Sie bewegt ihre Finger, um sie zu lockern. Legt erst die eine, dann die andere Hand wieder ans Gewehr. Jane korrigiert noch einmal ihre Handstellung. Legt kurz ihre Hände über die von Patty.

»Besser«, sagt sie. »Du bist schon viel entspannter. Achte darauf, dass du deine Schultern nicht hochziehst.«

Patty folgt Janes Worten und ihrer Stimme. Auch ihre Schultern sind jetzt entspannt.

»Perfekt«, sagt Jane. »So, und jetzt legst du den Zeigefinger an den Abzug. Mit leichtem Druck. Konzentrier dich. Drück den Hahn noch nicht ganz durch.«

Patty bringt ihr Auge an das Visier und richtet das Fadenkreuz auf die Mitte der Zielscheibe aus.

»Warte, bis du dafür bereit bist, dann schieß!«, flüstert Jane ihr ins Ohr.

Patty hält den Atem an und drückt den Abzug durch. PENG. Der Rückstoß des Gewehrs schubst sie gegen Jane. Sie spürt die beruhigende Wärme von Janes Körper an ihrem Rücken. Einen Moment glaubt sie sogar, Janes Herzschlag zu spüren. Nein, sie täuscht sich. Dafür hämmert ihr eigenes Herz nach dem Schuss viel zu stark.

»Nicht schlecht!«, ruft Jane und löst sich von Patty. »Etwas zu weit links, aber die Höhe stimmt. Wenn du das mit dem Entspannen hinkriegst, wirst du schnell Fortschritte machen. Ich kann dir Unterricht geben, wenn du willst. Keine Sorge, ich mach das kostenlos. Ich gebe mein Wissen gern weiter.«

Patty fühlt sich bei dem Angebot etwas unwohl. Will Jane etwas von ihr? Will sie das Schießtraining nutzen, um sie anzumachen? Aber dann fällt ihr der Slogan auf dem Plakat ein: *Herzlich willkommen! Gemeinsam sind wir stark.* Sie entkrampft sich und bedankt sich bei Jane für das Angebot.

»Ich weiß noch nicht, ob ich weitermachen will. Lass uns doch gemeinsam noch was trinken. Dann können wir uns weiter darüber unterhalten. Ich lad dich ein!«

Jane stimmt zu. Aus irgendeinem Grund fühlt sich Patty deshalb erleichtert.

Gemeinsam gehen sie in Richtung Vereinsbistro. Alle Augen sind auf sie gerichtet, als sie den Raum betreten und sich an einen Tisch setzen. Bei fast allen Anwesenden handelt es sich um Männer. Alle Altersstufen sind vertreten. Jane begrüßt ein paar der Jüngeren, aber auch Ältere. Sie bestellen beide ein Bier. Patty außerdem noch ein Sandwich. Die Schießstunde hat sie ganz schön mitgenommen. Sie braucht dringend was zu essen.

Das Gespräch zwischen Jane und Patty dreht sich erst einmal nur um den Verein. Jane erzählt ihr, dass das hier bei den Sportschützen für sie wie ein zweites Zuhause ist. Wie wohl sie sich hier fühlt. Dass die Männer um sie herum so etwas wie ihre Familie sind. Patty hört zu. Beschränkt sich darauf, durch Fragen das Gespräch am Laufen zu halten. Bis Jane plötzlich sie ins Visier nimmt.

»Und du?«, fragt sie.

»Wie ... ich?«, fragt Patty.

»Warum interessierst du dich fürs Schießen?«

Jane schaut Patty mit einem durchdringenden Blick an, bei dem ihr sofort unwohl wird.

»Braucht es einen besonderen Grund, um sich dafür zu interessieren?«, versucht sie sich aus der Affäre zu ziehen.

Jane lächelt auf eine Weise, als hätte sie da etwas sehr Merkwürdiges gesagt.

»Einem Sportschützenverein, ich sag dazu ja lieber Schießclub, tritt man nicht ohne guten Grund bei. Das machst du nicht einfach so. Also, was mich betrifft, das hab ich dir ja schon gesagt: Ich bin eine geborene Jägerin. Ich brauche das Schießen, um mich wohlzufühlen.«

Nach dieser Erklärung schweigt Jane, schaut Patty mit durchdringendem Blick an, blinzelt kein einziges Mal. Wartet auf eine Antwort.

»Ooooch, ist bei mir einfach nur Neugierde«, sagt Patty. »Ich hab das Plakat gesehen, hab ich dir ja schon erzählt. Und dann dachte ich mir, geh mal hin, kann interessant sein, das mal auszuprobieren.«

Jane nickt, schaut sie weiter fragend an, wirkt nicht wirklich überzeugt. Deshalb schiebt Patty noch ein paar Sätze nach.

»Weißt du, ich mache einfach gern neue Erfahrungen. Meine Eltern haben mir als Kind beigebracht, alles immer erst mal auszuprobieren, bevor ich dazu Nein sage. Das prägt mich bis heute.«

Auf ihrem Handy geht eine Nachricht ein. Man kann das Pling deutlich hören. Jane kapiert sofort.

»Sag bloß, du hast *Guilty* abonniert?«, fragt sie mit einem verschwörerischen Lächeln.

»Ähm ... äääh ... ja«, stammelt Patty.

»Um mal was Neues auszuprobieren? Falls es dir Spaß machen sollte?«, fährt Jane fort. Ihr Tonfall klingt spöttisch. Gleichzeitig zwinkert sie Patty zu. »Jetzt guck mich nicht so an. Es ist Punkt neunzehn Uhr. Und wir wissen beide, dass da der aktuelle Standort der frei herumlaufenden Haftentlassenen durchgegeben wird. Außerdem noch die anderen Daten.«

Jane legt ihr Handy auf den Tisch. Auf dem Display hat sich automatisch die Website der App *Guilty* geöffnet.

Tim ROSS
Mord an einer Vertreterin der Staatsgewalt (Richterin).
48 Jahre
Gefährlichkeit: 3/10
Puls: 112
Emotionaler Stabilitätsindex: 2/10

»Der wird's nicht mehr lange machen«, verkündet sie.

Patty schaut sie fragend an.

»Achtundvierzig Jahre alt und offensichtlich total desorientiert. Sein emotionaler Stabilitätsindex geht krass gegen null.«

Jane spricht verächtlich und ohne jedes Mitleid.

»Ist noch nicht lange her, da war ich einem dicht auf der Spur«, fährt sie fort. »Ich war die Erste, ganz vorn dran. Dann hab ich ihn leider verloren. Aber beim nächsten Mal hab ich wieder Erfolg, das schwör ich dir.«

Jetzt erst fällt Patty der Name auf, der auf die Brusttasche ihres Tarnanzugs gestickt ist: Gun_27.

Auszug aus dem Tagebuch von Iris

Mein Leben ist nicht wie das der meisten anderen in meinem Alter. Das der Supernormalos. Ich kann nicht dasselbe Leben leben wie sie. Ich kann auch nicht dieselben Träume träumen. Aber bin ich deshalb weniger wichtig als sie? Ist deshalb mein Leben weniger wert? Quatsch, sage ich mir.

An manchen Tagen fühle ich mich trotzdem so. Als ob man mich in einem finsteren Zimmer eingesperrt hätte, während alle anderen, die Supernormalos, in den Garten rausdürfen, wo die Sonne scheint, wo sie miteinander spielen, hin und her rennen, ins Schwimmbecken hüpfen.

Aber an den meisten Tagen habe ich das Gefühl, dass ich eigentlich glücklicher bin als die meisten anderen. Meine Träume sind anders als die der anderen. Die anderen träumen meistens von etwas, das sie nicht haben oder nicht tun können, und deshalb werden sie unglücklich und sind traurig und fühlen sich als Versager.

Jeden Morgen nehme ich mir ein Glücksziel für den Tag vor, und dann tue ich alles, was ich kann, um es zu verwirklichen. Wenn ich es schaffe, ist in meinem Kopf ein Freudenfeuerwerk. Und am Abend gehe ich ins Bett und denke: Das war ein schöner Tag!

Heute ist mein Ziel, vier Menschen zum Lachen zu bringen. Darunter muss eine mir unbekannte Person sein. Challenge!

5

Tag 3, 14.25 Uhr – Pattys Zimmer

»Wie hast du das hingekriegt, dass bei Charlie Viall die Klicks so hochgegangen sind?«, fragt Patty. Ihre Hand umklammert das Handy.
»Gute Entscheidung von dir«, antwortet Seraph.
»Antworte auf die Frage, die ich dir gestellt habe.«
»Das ist mein Job, Patty. Mehr kann ich dir dazu nicht sagen.«
Sie mag es nicht, wie er ihren Vornamen ausspricht. Mit einer starken Betonung auf dem *a*, das er auch als *a* und nichts als *ä* spricht. Ihr Vorname klingt aus seinem Mund hart und schwer. Aber sie korrigiert ihn nicht, konzentriert sich ganz auf ihr Glücksziel, wie ihre Schwester geschrieben hätte. Den Zweck ihres Anrufs. Und Seraph ist das Mittel, dieses Ziel zu erreichen. So einfach ist das. Den ganzen Morgen hat sie darüber nachgedacht, hatte ihn sich als Frist gesetzt, um sich zu entscheiden. Jetzt ist sie sich sicher. Sie wird mit ihm eine Vereinbarung treffen. Einen Pakt schließen.

Patty sitzt in ihrem Zimmer auf dem Fensterbrett und lässt

die Beine ins Leere baumeln. Eine Straße weiter erstreckt sich der große Boulevard, der ins Stadtzentrum führt.

Wie oft ist sie da mit Iris entlangspaziert, hat sie im Rollstuhl an den vielen Geschäften vorbeigeschoben! Wie viel Spaß haben ihrer kleinen Schwester diese Ausflüge gemacht! Immer wieder haben sie gemeinsam die Auslagen der Geschäfte bestaunt!

Patty hat die Musik in ihrem Zimmer laut aufgedreht, damit von ihrem Gespräch nichts zu verstehen ist. Rap funktioniert außerdem immer, um ihre Eltern auf Distanz zu halten.

»Marc Bardys gehört mir«, wiederholt sie den letzten Satz ihres ersten Gesprächs mit Seraph im Park. Sie bemüht sich, dabei kalt und entschlossen zu klingen.

»Gefällt mir, dass du dir deine Rache nicht wegnehmen lassen willst. Das finde ich rührend.«

Was für ein Arschloch, denkt Patty. Ein Vollidiot, der sich total wichtig vorkommt. Aber ein nützlicher Vollidiot, ohne den sie ihr Ziel nicht erreichen kann. Sie braucht ihn. Dafür muss sie in Kauf nehmen, dass sie keine Ahnung hat, mit welchen Mitteln er die Klicks in die Höhe schnellen lässt. Also schluckt sie seine herablassende Bemerkung.

»Entweder komme ich allein zum Zug oder es läuft nicht.«

»Für meine Auftraggeber ist entscheidend, dass Marc Bardys für immer von der Bildfläche verschwindet«, antwortet Seraph. »Wer dabei die Waffe zückt und ihn erledigt, ist unwichtig. Sie sind bereit dazu, dich machen zu lassen. Ihre einzige Bedingung ist, dass sie bei seiner Eliminierung dabei sein wollen. Sie brauchen die Sicherheit, dass die Sache geregelt ist. Für immer.«

Patty überlegt ein paar Sekunden. Sie traut Seraph nicht.

»Okay. Du kannst dabei sein. Danach berichtest du deinen

Auftraggebern, was du gesehen hast. Aber du kommst allein. Als einziger Zeuge.«

Überrascht stellt Patty fest, dass sie diese Sätze gesagt hat, ohne vorher richtig darüber nachgedacht zu haben. Ihre Antwort war die einer Figur aus irgendeinem Film. Das ist nicht mehr wirklich sie. Sie spürt, wie sich ihr Magen verkrampft.

»Wow, du bist eine ganz schön harte Geschäftspartnerin!«, antwortet Seraph. »Dürfte sich aber machen lassen. Ich werde tun, was ich kann, damit meine Auftraggeber sich darauf einlassen.«

Das klingt nach einem Sieg. Patty hält einen Moment das Handy von ihrem Mund weg und gibt einen tiefen Seufzer der Erleichterung von sich.

»Und wie willst du es anstellen?«, hakt sie nach.

»Das Foto mit dem umgekippten Rollstuhl, das war Bullshit!«, sagt er. »Absoluter Schwachsinn!«

»Ähm ... warum?«

»Die Leute im Netz denken null nach, die analysieren nicht, versetzen sich nicht selbst in eine Situation hinein. Wenn du es nicht schaffst, ein wirklich starkes Gefühl hervorzurufen, dann haben sie dein Foto sofort wieder vergessen und zappen weiter.«

»Aber mein Post hat doch was bewirkt«, verteidigt sich Patty. »Der Zähler ist bei Marc Bardys hochgeklettert.«

»Und um wie viel? Ha? Sag schon, wie viele Klicks waren es denn? Vierhundert! Das ist alles! VIERHUNDERT!«

»Ist doch nicht schlecht, oder?«

Seraph lacht auf.

»Du brauchst noch fast eine Million Klicks, damit er entlassen wird. So schaffst du das nie! Wenn du in diesem Tempo weitermachst, brauchst du dafür sieben Jahre. Du kannst gerne nachrechnen, wenn du mir nicht glaubst.«

Patty kaut auf der Unterlippe herum. Sie weiß, dass er recht hat. Aber seine ganze Art gefällt ihr nicht.

»Wir müssen mit einem richtigen Schocker kommen!«, fährt Seraph fort. »Das muss durch und durch gehen! Sonst kannst du es vergessen! Dann ist die Sache tot!«

Was weiß er denn vom Tod? Aber die Frage behält Patty für sich. Sie braucht ihn, sein Wissen, seine Kenntnisse, seine Erfahrung.

»Okay. Dann klär mich auf.«

»Bei den Leuten im Netz hält ein Gefühl nie lange vor. Die Aufmerksamkeit wird schnell durch was Neues abgelenkt. Und das Angebot ist in dieser Hinsicht riesengroß. Deshalb muss man schon was Megastarkes bieten können, damit sie deinen Post liken und mit anderen teilen.«

»Und was heißt das konkret?«

»Schick mir Fotos von deiner Schwester. Vorher und nachher. Nach der Attacke. Fotos aus dem Krankenhaus.«

»Nachher? Aus dem Krankenhaus?«

»Fotos mit Blut, Verletzungen, Blutergüssen, Knochenbrüchen, zugeschwollenen Augen, solchen Sachen. Das wollen die Leute sehen. Dann reagieren sie.«

»Aber ... ich hab keine solchen Fotos.«

»Dann gehen wir eben mit Bildbearbeitung ran.«

Patty protestiert. Ihr Verstand hat sich noch gar nicht in Bewegung gesetzt, da bricht es aus ihr heraus:

»Das ist ja widerlich. Was du da –«

Er schneidet ihr das Wort ab.

»Willst du, dass der Dreckskerl, der deine Schwester getötet hat, aus dem Gefängnis kommt, oder nicht?«

»Ja, aber das ist trotzdem widerlich. Das kann ich doch nicht machen ...«

»Du bist echt ganz schön naiv. Im Internet und den sozialen Medien läuft das eben so. Du behauptest einfach was. Niemand macht sich die Mühe, das zu überprüfen. Und wenn es doch jemand macht, ist es bereits zu spät. Ein Dementi ändert dann auch nichts mehr. Und selbst wenn du solche Sachen nicht machst, machen es eben andere. Mann, du bist echt so was von naiv! Genauso wie die Leute, die alles glauben, was man ihnen online sagt und zeigt. Und die sekundenschnell darauf reagieren, ohne das Hirn einzuschalten. Ich mach mir nur ihr hirnloses Verhalten zunutze, indem ich mit ihren Emotionen spiele. Mehr nicht.«

Patty ist vollkommen durcheinander. Ernste Zweifel nagen an ihr. Bilder überfluten ihr Bewusstsein. Iris im Krankenhaus. Wie sie im Koma daliegt. Tot im noch nicht verschlossenen Sarg. Die Tränen ihrer Mutter.

»Wir treffen uns heute Abend um 18 Uhr im Ostpark. Wenn du nicht kommst, ist das Ding zwischen uns gelaufen. Hat keinen Zweck, mich danach noch mal zu kontaktieren. Hopp oder top. Du musst entscheiden, was du willst.«

Er legt auf.

Sie hat geglaubt, die Sache in der Hand zu haben. Da hab ich mich getäuscht, denkt Patty. Er hat die ganze Zeit bestimmt, wo's langgeht.

Sie steigt vom Fensterbrett runter, setzt sich aufs Bett, streckt sich darauf aus. Braucht ein paar Minuten Ruhe, um ihre Gedanken zu sortieren. Der letzte Satz von Seraph hallt in ihr nach, krallt sich in ihrem Kopf fest: *Du musst entscheiden, was du willst.*

Sie sieht das Gesicht von Iris vor sich, ihr fröhliches Lächeln, ihre strahlenden blauen Augen. Wie neugierig sie war, wie gerne sie Neues ausprobierte. Immer herausfinden wollte, ob noch mehr drin war. Trotz Rollstuhl. *Wenn ich nicht ausbreche, ersticke ich. Und wenn ich eins auf den Deckel kriege, auch egal. Ich möchte leben. Leben. Leben!* Und danach drehte sie sich in ihrem Rollstuhl blitzschnell um sich selbst. Wie ein fröhlicher Wirbelwind. Ihre Mutter kriegte dabei jedes Mal die Panik. »Du wirst noch mal mitsamt deinem Rollstuhl hinfallen«, rief sie. »Na und?«, antwortete Iris lachend und mit funkelnden Augen.

Eine Träne läuft Patty die Wange hinunter. *Leben! Leben!* Die Rufe von Iris hallen in ihr nach. Und jeden Tag zerreißt es ihr das Herz etwas mehr. Sie richtet sich auf. Sie darf sich jetzt nicht unterkriegen lassen. Sie greift nach dem Tagebuch ihrer Schwester, schließt die Augen, schlägt blind eine Seite auf, zeigt mit dem Finger auf eine Stelle, öffnet die Augen.

Das Paradies ist ein Schatten, der sich entfernt, sobald man sich ihm nähert.

Dieser Satz verwirrt sie. Es gelingt ihr nicht, zu entschlüsseln, was er ihr sagen will. Welches Zeichen versucht ihre Schwester ihr damit zu senden? Patty liest den Satz ein paar Mal. Er bleibt rätselhaft. Weder hilft er ihr, ihre jetzige Situation zu verstehen, noch kann sie darin irgendeinen Hinweis auf die Zukunft entdecken. Welche nächsten Schritte sie unternehmen soll.

Patty setzt sich an ihren Computer. Heftige Zweifel befallen sie. Dabei war sie so erleichtert gewesen, dass sie jemand gefunden hatte, mit dessen Hilfe sie Marc Bardys aus dem Gefängnis freikriegen würde. Aber was passiert dann?

Das Paradies ist ein Schatten, der sich entfernt, sobald man sich ihm nähert.

Diesmal glaubt sie, den Satz ihrer Schwester besser zu verstehen. Ihr Glücksziel, wie Iris sagen würde, darf sich bei der Umsetzung nicht auf das Naheliegende beschränken. Mit Seraph eine Vereinbarung zu treffen, reicht nicht aus. Sie muss noch weiter in die Ferne schweifen, muss weiterdenken, die nächsten Schritte vorbereiten. So schnell wie möglich.

Vielleicht sollte sie doch das Angebot von Jane annehmen? Sich von ihr Schießunterricht geben lassen? Patty tippt im Computer den Namen ein, den sie auf Janes Kampfanzug gelesen hat. Ihr Pseudonym. Gun_27. Fotos von Jane tauchen auf. Jede Menge Aufnahmen von Wettbewerben im Sportschützenclub. Wie sie das Gewehr anlegt und zielt. Jane neben einer Schützenscheibe, bei der alle Schüsse ins Schwarze getroffen haben. Jane mit einem Pokal in der Hand. Weiter unten wird sie in einem Artikel über die Prepper-Bewegung zitiert.

Patty fällt ein, dass Jane am Schluss eine Bemerkung zur Lynchjagd auf Diego Abrio hat fallen lassen. Einem der letzten Freigelassenen. Sie geht auf die Website von *Guilty* und sucht dort nach Gun_27. Volltreffer. Studiert alle Kommentare, die dort von Gun_27 stammen. Jane ist als Erste vor Ort, als Abrio freigelassen wird. Immer vornedran. Immer auf der Lauer. Ihr Gefühl der Überlegenheit. Welchen Kick es ihr gibt, wenn die Beute sich listig verhält und entkommt.

Iris. Marc Bardys. Seraph. Und jetzt Gun_27. Ein Opfer. Ein Mörder. Jemand, der über die Mittel verfügt, den Mörder freizubekommen. Eine Jägerin.

Noch hat Patty nicht die ideale Kombination gefunden. Aber sie spürt, dass bereits alle Puzzlestücke vor ihr liegen.

Seraph_Up @Black_Angel
Hab grade mit der Schwester des Opfers von Bardys telefoniert.

14:51

Black_Angel @Seraph_Up
Und? Lass hören!

14:52

Seraph_Up @Black_Angel
Ich treffe sie heute Abend um sechs.

14:52

Black_Angel @Seraph_Up
Interessiert mich nicht. Wie läuft's für uns?

14:53

Seraph_Up @Black_Angel
Gut. Sie hat alles geschluckt. Mein ganzes Gelaber.

14:53

Black_Angel @Seraph_Up
Du bist echt stark, Alter.

14:54

6

Tag 3, 17.25 Uhr

Bevor sie sich mit Seraph im Park trifft, macht Patty einen kleinen Abstecher in den Sportschützenclub. Sie will Jane wiedersehen oder genauer gesagt: Gun_27. Jane ist eine sympathische junge Frau, die sie mit offenen Armen empfangen hat, die ihr alles gezeigt und ihr gute Ratschläge gegeben hat. Gun_27 ist eine gefährliche und gefürchtete Jägerin, die nur für ihren Sport lebt, dafür alles gibt. Mit ihr will sie sprechen.

Am Eingang nickt sie dem Mann hinter der Empfangstheke zu und wirft zuerst einen Blick in das Vereinsbistro. Jane ist nicht da. Sie macht sich zu den Indoor-Schießständen auf. Je näher sie kommt, desto lauter werden die Schussgeräusche. Jedes Mal ein heftiger Knall. Ob sie sich daran jemals gewöhnen könnte? Bei jeder Detonation spannen sich bei ihr alle Muskeln an und ihr Brustkorb zieht sich zusammen. In der Nähe der Umkleideräume begegnet sie einem Mann mit dickem Gehörschutz über den Ohren. Sein Gesicht ist ausdruckslos, vollkommene Ruhe und Klarheit spiegelt sich darin. Haben die Amateurschützen alle die kalte Seele eines Jägers? Vielleicht ist es ja auch die dafür notwendige Konzentration, die diese Männer so kalt und distanziert wirken lässt. Patty jagt es jedenfalls Angst ein. Der Mann beachtet sie nicht. Aus seinem Blick hat sie nichts entnehmen können.

Eine harte, laute Abfolge von Schüssen direkt hinter der Wand lässt sie zusammenzucken. Nein, daran könnte sie sich nie gewöhnen. Patty wechselt auf die andere Seite des Gangs. Dann ist sie vorne bei den Schießständen angekommen. Es ist ziemlich viel los. Aber Gun_27 ist nicht da, wie Patty mit einem Blick feststellt. Vor allem Männer sind zu sehen, aller Altersstufen und Gewichtsklassen. Auf die Jagd gehen könnten viele Schützen mit ihrem Körpergewicht jedenfalls nicht mehr. Sie dreht sich um, will noch draußen bei den Outdoor-Ständen nachsehen. Dort schießen die Schützen auf weit entfernte Zielscheiben, die fest fixiert oder beweglich sein können. Da findet sie Gun_27 auch nicht. Patty ist enttäuscht. Sie bleibt noch eine Weile stehen und beobachtet das Training. Stellt sich vor, die Schießscheiben wären lebendige Wesen, die zu fliehen versuchen. Tiere. Menschen. Würden dann alle Schützen genauso kaltblütig anlegen, zielen und schießen, genauso emotionslos? Wie ginge es ihr dabei?

Patty wird immer unwohler. Ihre Verstörung wächst. Sie geht zurück in das Gebäude. Diesmal fragt sie der Typ am Empfang, ob sie etwas braucht.

»Ich ... ich suche Gun ... ähm, Jane«, antwortet sie. »Sie ist oft hier, groß, langer blonder Pferdeschwanz ...«

Der Mann nickt sofort.

»Na klar, die kennen wir hier alle! Eine ausgezeichnete Schützin, wir sind mächtig stolz auf sie.«

Er zeigt auf eine Vitrine, in der die Meisterschaftspokale ausgestellt sind.

»Sie hat schon ordentlich abgeräumt. Ein ganzes Regalbrett ist nur von ihr. Andere Vereine haben versucht, sie abzuwerben, aber ihre Heimat ist bei uns. Wir sind ihre Familie, unser Verein hier. Jane ist ein ehrliches, gutes Mädchen. Mit der kann man Pferde stehlen.«

Und eine Todesschützin, denkt Patty, ohne sich etwas anmerken zu lassen.

»Ist sie nicht da?«

»Nein. Um diese Uhrzeit ist sie immer zu Hause. Sie hat einen kleinen Jungen, den sie allein großzieht. Für ihn tut sie alles. Eine echte Mama-Glucke.«

Und eine Todesschützin, denkt Patty wieder.

»Dann komm ich ein andermal wieder.«

»Sie kommt fast jeden Tag, manchmal vormittags, manchmal nachmittags. Ach ja, und bevor ich's vergesse, für deinen Mitgliedsausweis brauche ich noch ein Foto. Wenn du es mir morgen mitbringst, mache ich alles gleich fertig.«

»Sie ... Sie wissen, wer ich bin?«

Er lächelt.

»Na klar. Du bist Patty Johnson. Ich habe gestern am Nebenstand trainiert. Hab mitbekommen, wie du mit Jane geredet hast. Wir sind hier eine große Familie! Herzlich willkommen bei uns!«

Patty murmelt hastig ein Dankeschön und Auf Wiedersehen. Das ist ihr alles etwas zu viel. Sie ist schon beim Ausgang, da dreht sie sich noch einmal um und geht zurück.

»Hätten Sie vielleicht ihre Telefonnummer?«

Der Mann am Empfang guckt in seinem Handy nach, schreibt die Nummer auf einen Zettel und reicht sie ihr.

»Und vergiss morgen nicht das Foto.«

Kaum ist Patty draußen, schickt sie bereits eine SMS an Gun_27.

> *Freu mich auf den Unterricht.*
> *Wollen wir heute Abend zusammen was trinken gehen?*

Die Puzzlestücke, die Patty zu einem klaren Plan zu ordnen versucht, fügen sich allmählich ineinander. Während sie die Straße entlanggeht, stellt sie fest, dass es bereits fast sechs ist. Sie geht schneller. In ihrer Jackentasche befingert sie das Tränengasspray. Sie muss wachsam bleiben. Immer auf der Hut. Dann denkt sie daran, wie der Zähler bei Charlie Viall nach oben geschossen ist. Sie sagt sich, dass sie keine andere Chance hat. Sie muss mit Seraph einen Deal abschließen. Ohne ihn schafft sie es nicht.

Patty hat den Park erreicht. Ihr Handy vibriert. Eine Nachricht von Jane.

> *Kann leider nicht. Bin heute Abend auf der Jagd :-)*
> *Morgen Vormittag im Club. 10 Uhr!*
> *Verpass nicht die Meldungen auf Guilty!*

Kaum hat sie das Handy weggesteckt, steht auch schon Seraph vor ihr.

»Hallo. Hast du dich entschieden?«

Patty lässt sich nicht in die Enge treiben.

»Haben deine Auftraggeber meinen Vorschlag akzeptiert? Wirst du allein kommen? Du bringst ihnen den Beweis, dass er tot ist, und sie sind damit zufrieden?«

Seraph sieht sie erst misstrauisch an, dann grinst er.
»Mit dir Geschäfte machen ist hart. Da bist du genauso clever, wie du im Umgang mit den sozialen Medien naiv bist.«
»Kann sein«, stimmt sie zu. Ohne Kommentar. Soll er sich ruhig aufspielen und den Typ geben, dem sie nicht das Wasser reichen kann.
»Sie sind einverstanden«, verkündet er.
»Perfekt. Wie willst du es anstellen?«
»Wir müssen nicht den Rollstuhl zeigen, sondern sie. Deine Schwester Iris. Ein lachendes Mädchen, dem alle Herzen zufliegen. Nett, lieb und freundlich. Ein Kind, wie alle Eltern es gern hätten. Ihre Behinderung müssen wir aus dem Bewusstsein löschen. Das verkauft sich nicht. Wer will schon die Mutter oder der Vater von einem behinderten Mädchen sein?«

Seraphs Worte sind wie lauter scharfe Stiche. Sie würde ihn am liebsten anschreien, ihm entgegenschleudern, wie sie sich dabei fühlt. Aber sie weiß, dass er mit seinem widerwärtigen Zynismus recht hat. Eine Behinderung ruft bei den meisten Menschen Angst und Abwehr hervor. Das stellt sie durch ihre Arbeit mit den Kindern und Jugendlichen in der Villa Zacharias immer wieder fest. Patty lässt Seraph weiterreden.

»Es ist wichtig, dass du auf den Videos zu sehen bist. Du verkörperst das Gefühlsdrama. Du bringst die Emotionen rüber. Dein Gesicht wird alle im Netz anrühren und bald die ganze Bevölkerung.«

»Ich will mich nicht so zur Schau stellen. Das Opfer ist Iris, nicht ich.«

»Doch, du bist auch ein Opfer!«, protestiert Seraph. »Du leidest unter der Tat! Dieser Typ hat dein Leben kaputtgemacht. Wenn sich eure Wege an dem Tag nicht gekreuzt hätten, deiner, der von Iris und der von diesem Typ, dann wäre sie jetzt immer noch an deiner Seite. Ihr würdet Pläne schmieden, was ihr alles gemeinsam unternehmen wollt und wohin ihr verreisen wollt. Deine größte Sorge wäre, dich mit ihr auf ein gemeinsames Ziel für eure große Reise zu einigen.«

Patty verspürt ein heftiges Stechen in der Brust. Wieder einmal hat er recht. Sobald sie anfängt, sich vorzustellen, wie ihr Leben wäre, wenn ihre kleine Schwester noch leben würde, zieht es ihr den Boden unter den Füßen weg. So stark sind all die widersprüchlichen Emotionen, die dann in ihr aufsteigen.

Tränen steigen ihr in die Augen. Strömen ihr übers Gesicht.

»Ja, weiter so. Perfekt!«

Seraph hat sein Handy herausgezogen, um sie zu filmen. Patty will das nicht, fühlt sich bloßgestellt und versucht, ihn davon abzubringen. Aber er macht weiter.

»Du brauchst dich deswegen nicht zu schämen. Die Leute wollen Tränen sehen. Deine Scham ist deine schlimmste Feindin, deine Tränen sind deine besten Freundinnen.«

Ein wilder Sturzbach ergießt sich über sie, überflutet alles, was sie bisher gefühlt und gedacht hat, schwemmt ihr Leben, ihre Erinnerungen, ihre Gewissheiten mit sich fort. Sie hat das Gefühl, sich mit sich und der Welt überhaupt nicht mehr auszukennen. Fühlt sich verloren. Schwankt und taumelt.

»Folge mir«, sagt Seraph, während er ununterbrochen filmt.

Wie ein Automat macht Patty Schritt für Schritt.

»Erzähl mir von Iris. Erzähl mir, was für ein Mädchen sie war. Zeig mir danach ein Foto von ihr.«

Die Wörter stolpern in Pattys Kopf übereinander, stoßen und behindern sich gegenseitig. Schaffen es nicht aus ihrer zusammengeschnürten Kehle.

»Ich bin mir sicher, Iris war ein tolles Mädchen, voller Leben«, sagt er.

»Iris war viel mehr als das«, sagt sie. »Iris war das Leben. Der Inbegriff von Glück und Lebensfreude. Du musstest nur in ihre strahlenden Augen schauen. Schon hast du das Regenwetter und deine eigene schlechte Stimmung vergessen.«

Seraph reckt den Daumen hoch. Perfekt! Weitermachen!

Patty holt eine Erinnerung nach der anderen hervor, erzählt Anekdoten aus dem Leben ihrer Schwester, ohne sich länger darum zu kümmern, ob ihr dabei die Tränen übers Gesicht strömen oder nicht. So von Iris zu reden, tut ihr gut. Iris im Erzählen wieder lebendig werden zu lassen. Wie lange hat sie das nicht mehr gemacht? Nicht immer nur auf das bittere Ende starren, sondern das Glück und die Freuden des Lebens teilen. Auch wenn alles Vergangenheit ist und so jäh abgeschnitten wurde. Die Worte lassen noch mehr Erinnerungen lebendig werden. Alles steht ihr wie gestern vor Augen. Das erste Mal seit Iris' Tod erzählt Patty auf diese Weise von ihrer Schwester. Nicht wütend und traurig. Patty erzählt von dem Glück, das sie als Schwestern miteinander geteilt haben.

Sobald sie eine Pause macht, reckt Seraph den Daumen hoch, dass sie weiterreden soll.

Ohne dass sie es mitbekommt, führt er sie in die Straße, in der Iris angegriffen wurde. Zu der Stelle, an der es passiert ist. Patty erstarrt, als sie es schließlich bemerkt. Einen Moment fühlt sie sich wie blind, so heftig schießen ihr die Tränen in die Augen.

»Hier hat mein Leben angehalten! An einem Tag im Februar ...«

Sie erzählt von der Kälte, von der Zeitschrift, die sie für ihre

Schwester kaufen wollte, von dem feigen Überfall, davon, wie ihre Schwester auf dem Bürgersteig reglos vor ihr lag, von der Ankunft des Rettungswagens, dem verzweifelten Kampf um ihr Leben, dann ihrem Tod. Sie erzählt davon, wie der Tod ihrer Schwester ihr eigenes Leben und das ihrer Eltern zerstört hat. Gerade will sie vom Tagebuch erzählen, das Iris geführt hat, und dass sie gern darin herumblättert und liest. Da hört Seraph zu filmen auf.

»Du warst perfekt!«, sagt er.

Patty weiß gar nicht, wie ihr geschehen ist. So hat sie sich schon lange nicht mehr gefühlt.

»Damit kriegen wir die Klicks! Ich schneide alles zusammen und stell das Video gleich ins Netz.«

»Aber ich ... ich will es vorher sehen«, bringt Patty gerade noch raus.

»Keine Angst, ich zeige es dir vorher noch mal. Hast du ein Foto von Iris mitgebracht?«

Patty zeigt Seraph auf ihrem Handy mehrere Fotos von Iris, die er aufmerksam mustert. Seine Augen bleiben an dem Foto aus der Achterbahn hängen, wo sie aus vollem Hals lacht.

»Das ist super!«, sagt er.

Dann winkt er kurz und ist weg.

Patty bleibt allein auf dem Bürgersteig stehen. Reglos. Weiß nicht, wohin mit sich.

Schreckt auf, als ihr Handy vibriert.

Eine Meldung der App *Guilty*.

Tim ROSS
Mord an einer Vertreterin der Staatsgewalt (Richterin).
48 Jahre
Urteilsvollstreckung im Zeichen der Volksjustiz
heute um 21.23 Uhr

Sofort schickt sie eine Nachricht an Jane.

Warst das du?

Psychiatrisches Gutachten zum Häftling Marc Bardys – Nummer 6 394

Gutachter: Dr. Paul Terrence, Facharzt für Psychiatrie und Psychotherapie mit Spezialgebiet Suchterkrankungen

Auf Verlangen von Richter Balden wurde von mir heute eine Untersuchung des Patienten Marc Bardys in der Haftanstalt durchgeführt. Bluttest, Urintest, Haartest und Speicheltest ergaben keine Hinweise auf Rauschmittelkonsum.

Das anschließende Gespräch mit dem Patienten bestätigte den Eindruck, dass sein psychologischer Zustand insgesamt als gut zu bewerten ist.

Die in der Haft durchgeführte Substitutionsbehandlung, unter Überwachung durch eine auf Drogenentzug spezialisierte Einrichtung, zeitigte nachhaltigen Erfolg. Der Patient ist zum gegenwärtigen Zeitpunkt drogenfrei.

Der Häftling Marc Bardys erklärt, niemals ein übermäßiges Bedürfnis oder einen besonderen Drang nach Drogenkonsum verspürt zu haben. Aufgrund des frühzeitigen Kontakts mit diversen Drogen, bereits mit Beginn der Pubertät einsetzend, ist ein Rückfall nach Meinung des Gutachters jedoch jederzeit möglich.

Es wird deshalb zu einer regelmäßigen Beobachtung geraten, sowohl in physiologischer als auch in psychologischer Hinsicht.

7

Tag 4, 7.51 Uhr – Bei Patty zu Hause

Als Patty aufwacht, dringt bereits helles Licht durch die Ritzen der heruntergelassenen Jalousie. Sie schreckt voller Panik auf, will sofort aufstehen. Braucht ein paar Sekunden, bis sie zu sich kommt. Realisiert dann, dass es noch früh ist. Zufrieden streckt sie sich wieder aus. Noch ein paar Minuten im Bett, das wird ihr guttun. Dann kann sie langsam wach werden. Sie hat eine schreckliche Nacht hinter sich. Voller Albträume. Eine Mischung aus Jagen und Gejagt-Werden, dazwischen Bilder von Iris, die ihr unverständliche Botschaften zurief. Patty rannte kreuz und quer herum. Ihr Gewehr wog zentnerschwer. Ihr Ziel war mal zu sehen, mal wieder verschwunden. Ein heilloses Labyrinth.

Patty atmet ein paar Mal tief durch und blickt zu ihrem Schreibtisch, auf dem ein Stück versteinertes Holz liegt, das ihr Vater ihr vor langer Zeit geschenkt hat. Zu wissen, dass dieses Holz mehrere Millionen Jahre alt ist, dass es unvergänglich ist, lässt alles, was in ihrem eigenen Leben passiert, in ein anderes Licht rücken. Es erscheint ihr dann nicht mehr so wichtig. Der

Gedanke, dass sie in der Evolution der Menschheit nur ein winziges Element darstellt, gefällt ihr. Sie versteht nicht, warum so viele andere davon träumen, berühmt zu sein, eine riesige Menge an Followern zu haben, auf der Welt und in der Geschichte »eine Spur zu hinterlassen«. Auf sie alle lauert das Vergessen, und verglichen mit diesem versteinerten Stück Holz, sind und bleiben sie ein Nichts. In der Küche werden die Stimmen ihrer Eltern immer lauter. Sie scheinen lebhaft über etwas zu diskutieren. Patty lauscht angestrengt.

Sie steht auf und öffnet vorsichtig die Zimmertür. Lauscht.

»Ich kann nicht glauben, dass sie das wirklich getan hat!«, empört sich ihr Vater.

In Pattys Kopf flammt es auf. Sie stürzt sich auf ihr Handy. Schaltet es ein. Sofort beginnt es zu vibrieren, heftig wie noch nie. Die Liste der eingetroffenen Nachrichten ist schwindelerregend lang.

»Mit ganzem Herzen bei dir«, »Dieser Typ ist ein Monster«, »Er muss für seine Tat bezahlen«, »Ich kenne Sie nicht, aber meine Gedanken und Gebete begleiten Sie – Sie und Ihre Schwester«, »Iris war ein bildhübsches Mädchen«, »Sie können auf uns zählen«, »Verflucht sei die Schlampe, die Marc Bardys geboren hat«, »Er verdient die Todesstrafe«, »Du kannst auf mich zählen, den teeren und federn wir, sobald er draußen ist«, »Der gehört gelyncht und basta!«, »Lasst ihn frei!«, »Ein Hoch auf den, der ihn lyncht«, »Was für ein Abschaum!!!« ...

Patty dreht sich alles vor den Augen. Sie ruft den Post auf, der alle diese Reaktionen ausgelöst hat, und klickt auf das Video. Eine Minute und dreißig Sekunden, zuerst ihr eigenes Gesicht in Großaufnahme, wie sie die Geschichte von Iris erzählt. In Tränen aufgelöst. Dazu eingeblendet das Foto ihrer in der Achterbahn fröhlich lachenden Schwester. Daneben die Aufnahme eines von Mullbinden verdeckten Gesichts, bei dem nur Augen, Mund und Nasenlöcher freigeblieben sind. Mehr Mumie als Mensch. Die Kamera fährt zurück und Patty sieht sich am Krankenhausbett ihrer Schwester sitzen. Dann eine schwarze Fläche, auf der unter einem Porträtfoto von Iris ihr Name, ihr Alter und ihr Todesdatum stehen. Tränen laufen Patty die Wangen hinunter. In der nächsten Sekunde tauchen auf dem Bildschirm riesengroß das Foto und der Name des Mörders auf, darunter in Großbuchstaben die Aufforderung:

BETEILIGT EUCH! WÄHLT!

»Dieses Riesenarschloch!«
Patty wählt die Nummer von Seraph. Ihre Hände zittern.
»Warum hast du das gemacht?«, brüllt sie ihn an, als er drangeht.
»Hey, du solltest zufrieden sein! Guck dir die Reaktionen an!«
»Ich hab dir gesagt, dass ich das Video vorher sehen will! Und woher hast du das Foto aus dem Krankenhaus?«
»Jetzt reg dich mal ab! Das ist eine Fotomontage. Ein Foto aus dem Internet, das ich etwas bearbeitet habe. Und hopp, schnell noch dich eingefügt. Du bist genauso wie alle anderen, die sind auch drauf reingefallen.«
»Aber das ist ein Fake!«
»Eine kleine Lüge fällt nicht weiter ins Gewicht, wenn gleichzeitig Wahrheiten ausgesprochen werden. Ich finde, dann ist das erlaubt. Und außerdem zählt doch das Ergebnis, oder nicht?«
Den Bruchteil einer Sekunde zögert Patty. Das nutzt Seraph aus.

»An deiner Stelle würde ich mir mal den Zähler von Marc Bardys ansehen. Da wirst du ein kleines Wunder erleben.«
Er drückt sie weg.
Patty ruft die App *Guilty* auf. Aus der Küche hört sie weiter ihre Eltern streiten. Ihr Herz klopft immer wilder. Ungeduld und Wut vermischen sich bei ihr. Patty könnte nicht mehr sagen, welches Gefühl stärker ist. Als die Seite mit dem Zählerstand sich endlich öffnet, traut sie ihren Augen nicht. Marc Bardys liegt weit vorne.

Marc Bardys
2 687 012

Gladys Tromer
2 246 378

Charlie Viall
1 426 841

Patty starrt das Display an. Lässt sich auf die Bettkante fallen. Starrt weiter auf das Display. 2 687 351, 2 688 089, 2 688 763 …
Der Zähler steht bei Marc Bardys keine Sekunde mehr still. Er rast unentwegt weiter.
»Bald ist er draußen«, sagt sie laut.
Als würde sie nicht glauben, was sie da sieht, wirft sie einen vergleichenden Blick auf die beiden anderen Zähler. Bei Gladys Tromer geht es deutlich langsamer voran. Bei Charlie Viall tut sich gar nichts.
Patty legt das Handy weg und stürzt ins Badezimmer.

Während sie duscht, steigt der Zähler bei Marc Bardys weiter. Inzwischen sind es 2 690 431 Stimmen. Wenn es so weitergeht, wird die Schwelle von 3 000 000 nicht erst morgen, sondern sogar noch heute erreicht. Bei dieser Perspektive befällt Patty Panik. Sie ist noch nicht so weit. Und in der Küche erwartet sie ein weiteres Unwetter, dem sie sich stellen muss.

Es ist noch schlimmer als gedacht. Kaum hat sie die Küche betreten, greift ihr Vater sie an.

»Was hat dich denn da geritten?«

Seine Gesichtszüge sind in den letzten drei Jahren hart geworden, bilden eine Maske unwiderruflicher, unabänderlicher Tragik. Sie zögert einen Moment. Überlegt, ob sie erzählen soll, wie sich alles zugetragen hat. Dass sie es so nicht wollte. Dass sie reingelegt wurde. Aber was soll es bringen, die Verantwortung abzuschieben? Das Video ist nicht ohne ihr Zutun entstanden. Sie wollte es so.

»Ich finde, es ist Zeit, dass er rauskommt«, sagt sie in so ruhigem Tonfall wie möglich.

Diesmal fährt ihre Mutter sie an.

»Dass er rauskommt? Bist du dir bewusst, was du da gesagt hast? Damit sprichst du sein Todesurteil!«

»Genau das hat er getan, als er Iris angegriffen hat! Er hat sie zum Tode verurteilt, oder etwa nicht?«

»Rede nicht so«, erwidert ihre Mutter und hält sich die Ohren zu. »Es ist nicht an uns, uns zu Richtern oder Racheengeln aufzuwerfen. So haben wir dich nicht erzogen!«

»Man kann doch nicht einfach hinnehmen, was geschehen ist. Immer nur schweigen. Versuchen, so weiterzuleben wie vorher. Vergessen wollen. Ich kann es nicht vergessen. Iris fehlt mir. Ich bin immer noch total wütend. Ihr habt einfach aufgegeben. Das ist es. Ihr habt kapituliert. Zu mehr seid ihr nicht fähig.«

»Ich verbiete dir, so mit uns zu reden«, sagt ihr Vater.

Ihre Eltern müssen endlich erfahren, was sie umtreibt. Was ihr die ganze Zeit schon auf dem Herzen liegt. Sie muss die Sätze aussprechen, die sie schon so lange in ihrem Innern gewälzt hat. Es bricht aus ihr heraus. Sie kann nicht mehr an sich halten.

»Euer Schweigen und eure Untätigkeit sind für mich Verrat. Verrat an Iris! Das hat sie nicht verdient. Sie hat verdient, dass wir uns um sie kümmern und dass wir sie rächen!«

»Gewalt ist keine Lösung«, sagt ihre Mutter. »Und du hast nicht das Recht, zu sagen, dass wir Iris verraten haben.«

»Schaut euch doch bei uns in der Wohnung um! Nichts erinnert an sie. Kein Foto, auch kein anderes Erinnerungsstück. Nichts. Jemand, der nicht weiß, dass sie existiert hat, käme nicht drauf. Ich finde es widerwärtig, was ihr da macht! Ihr tötet sie ein zweites Mal!«

Ihre Mutter schluchzt auf. Ihr Vater nimmt sie in den Arm.

»Jeden Tag die Fotos von ihr zu sehen, hat uns jeden Tag ein bisschen sterben lassen. Das hätte Iris nicht gewollt. Man kann nicht ewig in der Vergangenheit leben.«

Patty weiß, dass es ungerecht gegenüber ihren Eltern ist und dass die beiden, genau wie sie selbst, nur nach dem bestmöglichen Mittel suchen, um das Unglück, das sie getroffen hat, zu überstehen. Aber sie kann sich nicht damit abfinden, sie kann nicht einfach akzeptieren, was geschehen ist, und ein neues Kapitel in ihrem Leben aufschlagen.

Wortlos greift sie nach ihrer Jacke und verlässt die Wohnung. Sie braucht nicht die Unterstützung ihrer Eltern, um zu tun, was sie tun muss.

Es ist zehn Uhr morgens, und Sie hören Radio Plus, den Sender, mit dem Sie die neuesten Nachrichten miterleben können, als wären Sie vor Ort. Wir wollen in unserer Sendung heute Vormittag zum Thema machen, was heute Nacht beim Votum über die nächste Freilassung auf der App Guilty zu beobachten war. Nämlich eine ganz erstaunliche Entwicklung. Die Stimmabgaben sind plötzlich durch die Decke geschossen. Ein einziges Video hat ausgereicht, um die bisherige Reihenfolge durcheinanderzubringen. Marc Bardys führt die Liste der beiden Kandidaten und einer Kandidatin inzwischen mit großem Abstand an. Sein Vorsprung ist so groß, dass wohl kein Zwischenfall mehr denkbar ist, der ihn davon abhalten könnte, innerhalb der nächsten Stunden die Schwelle von drei Millionen Klicks zu knacken.

Wir haben im Studio Philip Engwer bei uns, Social-Media-Spezialist. Mit ihm wollen wir dieses Phänomen analysieren.

Danke, Herr Engwer, dass Sie bei uns sind. Wir sind gespannt, was Sie uns zu sagen haben.

»Was sich heute Nacht ereignet hat, ist geradezu ein Musterbeispiel dafür, wie die Mobilisierung in den sozialen Medien gelingt. Wir haben hier ein Video, das perfekt durchgestylt ist. Das gilt sowohl für die Dauer als auch für den Inhalt. Ungefilterte Bilder, die eine emotionale Nähe zur abgebildeten Person aufbauen. Aufrichtiger Schmerz, echte Tränen. Wir können gar nicht anders, als davon berührt zu sein. Das alles führt zu einer starken Identifikation der Internetnutzerinnen und -nutzer. Aber natürlich auch der ernste Inhalt. Das tragische Schicksal des Mädchens im Rollstuhl, das rührt uns. Und wie schwer es für ihre Schwester ist, mit dem Verlust, der Wut und der Trauer zurechtzukommen – darin können wir uns alle wiederfinden.«

Trotzdem noch einmal gefragt: Wie kommt es, dass dieses Video eine so starke Reaktion ausgelöst hat? Eine solches Emporschnellen der Klicks?

»Es ist unmöglich, bei solchen Bildern gefühllos zu bleiben. Wer von uns hat schon ein Herz aus Stein? Aufnahmen wie die von Iris Johnson im Krankenhaus, die Aussage ganz am Schluss, dass das Mädchen kurz darauf verstorben ist, lösen in uns eine starke Reaktion aus. Wir lehnen uns innerlich dagegen auf. Wenn wir das Video sehen, verspüren wir in uns den Schmerz des Mädchens, wir versetzen uns an die Stelle des Opfers von Marc Bardys. Wir sind nicht mehr nur Augenzeugen des Geschehens, wir leiden stellvertretend mit. Und wir wollen dann handeln. Wenn die Aufforderung eingeblendet wird, sich zu beteiligen und zu wählen, fühlen wir uns moralisch dazu verpflichtet. Und dadurch ist der Stein ins Rollen gebracht, nichts kann die Mobilisierung der Massen mehr aufhalten. Der plötzliche große Anstieg der Klickzahlen lässt sich so erklären.«

Danke für Ihre Erläuterungen.

Wir hätten jetzt gerne die junge Frau zugeschaltet, die sich in diesem Video an uns wendet, Patty Johnson, die ältere Schwester von Iris Johnson. Doch leider konnten wir sie nicht erreichen. Wir hoffen, dies in den nächsten Stunden nachholen zu können. In der Zwischenzeit bleiben unsere Augen weiter auf den Zähler gerichtet. 2 799 679. Und jetzt, genau in diesem Moment, sind 2 800 000 Klicks erreicht!

Marc Bardys, das lässt sich inzwischen mit Sicherheit sagen, wird der nächste vorzeitige Haftentlassene sein! Wir werden Sie selbstverständlich über die weitere Entwicklung auf dem Laufenden halten. Radio Plus – mit uns sind Sie immer am Puls der Zeit!

Wenn Sie Zeuge eines Unfalls oder eines ungewöhnlichen Ereignisses sind, rufen Sie uns an. Wir senden in den Nachrichten Ihren Augenzeugenbericht. Radio Plus, das Radio von Hörerinnen und Hörern für Hörerinnen und Hörer!

Es folgt eine kurze Werbepause!

8

Tag 4, 10 Uhr – Sportschützenclub

Als Patty zum Schießstand kommt, inspiziert Jane gerade die Zielscheibe. Die Treffer sind alle in der Mitte.
»Gute Arbeit!«, ruft Patty.
Jane dreht sich zu ihr um. Sie lächelt.
»Mit ein bisschen Training schaffst du das auch«, sagt sie, während sie eine neue Scheibe anbringt.
»Dann lass uns keine Zeit verlieren!«, antwortet Patty.
Ein paar Minuten zuvor hat sie eine Nachricht an die Verwaltung der Villa Zacharias geschickt, um mitzuteilen, dass sie heute leider nicht kommen könne. Sie fühle sich nicht gut. Werde sich wieder melden. Ein Tag. Höchstens zwei, denkt Patty. Dann müsste alles geregelt sein.
Jane reicht Patty ihr eigenes Gewehr und macht ihr Zeichen, sich dicht vor sie zu stellen. Wie am Tag vorher schmiegt sie sich von hinten an sie, hilft ihr dabei, die Waffe richtig anzulegen. Ihre Gesten sind sanft und präzise.
»Atme langsam ein und aus. Wenn du aufhörst zu atmen, verkrampfst du dich nur. Dann konzentrier dich auf den Mittel-

punkt der Zielscheibe. Dein Zeigefinger muss leichten Druck auf den Abzug ausüben. Vergiss das Gewehr und verbinde geistig deinen Zeigefinger mit dem Mittelpunkt der Zielscheibe. Und wenn du dich bereit fühlst ...«

Patty entspannt Stirn, Wangen, Kinn, ist bereit zum Schuss. Da spürt sie, dass Jane hinter ihr einen Schritt zurück macht.

»Du zögerst zu lange, das ist nicht gut«, erklärt sie Patty. »Während du dich konzentrierst, musst du dich von deinem Instinkt leiten lassen.«

»Und wie geht das?« Patty dreht sich fragend zu ihr um.

»Etwas in dir kennt sich instinktiv damit aus, wie das Jagen geht. Seit Urzeiten. So wie ein Vogel sich nicht viele Fragen stellt, bevor er sich irgendwo niederlässt, und sei es auf einer Fernsehantenne. Oder wie ein Maler weiß, wohin er den nächsten Pinselstrich setzen soll. Man kann alles Mögliche lernen, um seine Technik zu verbessern. Aber wir tragen alle das Wissen unserer Urahnen in uns. Das Problem ist, dass wir Menschen immer alles verstehen, erklären, beherrschen wollen. Schließ die Augen, vergiss, dass du jetzt hier bist, hier an diesem Ort. Vergiss, dass die Zeit existiert, dass die Welt existiert. Lass deinen Kopf leer werden, denke an nichts.«

Patty entspannt sich und lässt alle Gedanken los, bis sie das Gefühl hat, nur noch ein winziger Punkt im Universum zu sein. Im Hier und Jetzt. Ohne Gestern oder Morgen. Schwebend. Volle Konzentration.

Sie öffnet die Augen.

»Bereit?«, fragt Jane.

Patty nimmt wieder die Schießhaltung ein und drückt leicht mit dem Zeigefinger gegen den Abzug. Richtet den Blick auf den Mittelpunkt der Zielscheibe. Stellt sich nicht den Weg vor, den die Kugel vom Gewehrlauf bis zur Schießscheibe zurücklegen muss, sondern nur den Treffer. Der Einschuss auf der Zielscheibe ist ein schwarzer Punkt. Genau wie sie selbst. Sie atmet langsam aus, drückt dabei auf den Abzug.

»Netter Treffer«, ruft Jane anerkennend.

»Danke. Ich glaube, jetzt hab ich's kapiert.«

»Die größte Schwierigkeit ist nicht, verstanden zu haben, wie es geht. Sondern in der Lage zu sein, sich in diesen geistigen Zustand zu versetzen. Egal unter welchen Umständen.«

Jane mustert Patty. So als würde sie ihre Gedanken lesen wollen.

»Warum bist du hier?«, fragt sie kalt und forschend.

»Ich würde gern mal auf eine bewegliche Zielscheibe schießen«, antwortet Patty und weicht dabei Janes Blick aus.

»Beweglich oder lebend?«

Jane mustert sie noch durchdringender als vorher.

»Ein lebendes Ziel ist zwangsläufig ein bewegliches Ziel, oder?«

Jane nickt unmerklich und macht ein Zeichen, dass sie ihr folgen soll.

Mit dem Gewehr in der Hand geht Patty neben ihr her. Sie wechseln kein Wort, während sie an den Indoor-Schießständen entlanggehen. Schussgeräusche zerfetzen die Luft. Jane bleibt stehen, um einen Mann zu begrüßen, der ihr Vater sein könnte. Patty beobachtet die beiden. Neben ihr wirft ihr die glänzende Oberfläche eines Getränkeautomaten ihr Spiegelbild zurück. Sie sieht sich, Patty, und doch eine vollkommen Fremde, wie einem Kriegs- oder Actionfilm entstiegen.

»Kommst du?«, ruft Jane.

Dann stehen sie allein bei den Outdoor-Schießständen.

»Das Außengelände ist schlecht angelegt, das erkläre ich den

Verantwortlichen in unserem Verein immer wieder«, sagt Jane. »Das Morgenlicht ist für das Schießtraining ungeeignet. Man muss warten, bis die Sonne weitergewandert ist. Deshalb ist hier draußen um diese Zeit niemand. Aber mich stört das nicht. Ich habe gelernt, mich an alle Lichtverhältnisse anzupassen.«

Jane schaltet den Mechanismus ein, der die Zielscheibe in Bewegung versetzt. Eine Farbscheibe taucht aus der Versenkung auf und entfernt sich entlang einer Schiene langsam, verschwindet ein Stück weiter hinten wieder.

»Sobald du die Scheibe siehst, zielst du, passt die Drehung deines Oberkörpers der Bewegung der Scheibe an, und dann schießt du. Dein Körper muss mit deiner Waffe eins werden, du musst die Bewegung des Ziels zu deiner eigenen Bewegung machen.«

Patty nimmt Schussposition ein. Zielt auf die Scheibe, kaum dass sie aufgetaucht ist. Schießt. Daneben.

»Du warst zu schnell. Versuch es noch mal.«

Patty atmet tief und langsam ein. Versucht, die innere Haltung wiederzufinden, mit der sie wenige Minuten zuvor drinnen am Schießstand geschossen hat. Stellt sich einen Moment lang einen in der Luft schwebenden winzigen Punkt vor. Die Scheibe taucht aus ihrem Versteck auf. Sie zielt, passt sich der Bewegung der Scheibe an, atmet ein, atmet aus, schießt.

»Besser«, verkündet Jane.

Patty lässt sich dadurch nicht ablenken, bleibt konzentriert. Nach drei weiteren Versuchen gelingt es ihr endlich, die Scheibe beim Schuss zu streifen.

»Du lernst schnell«, sagt Jane. »Wenn du regelmäßig trainierst, wirst du bald eine gute Schützin sein.«

Bald. Das reicht Patty nicht.

»Die Katze, da!«, ruft Jane. »Erschieß sie!«

Patty zuckt zusammen, späht in die von Jane gezeigte Richtung. Entdeckt eine Katze, die durch die Hecke geschlichen kommt und langsam ihren Weg fortsetzt. Sie dreht sich zu Jane, sieht sie überrascht an.

»Warum? Das ist doch nur eine Katze. Sie ist unschuldig.«

»Unschuldig?«, wiederholt Jane. »Sie hat Vögel getötet, so lange sadistisch mit Mäusen gespielt, bis sie tot waren. Vielleicht einen Menschen gekratzt, dessen Wunde sich danach so schlimm entzündet hat, dass er ins Krankenhaus musste ...«

»Das können wir nicht wissen, hast du selbst gesagt«, entgegnet Patty.

Janes Tonfall wird noch eine Spur härter.

»Du machst dir was vor, wenn du glaubst, dass du so schnell eine Jägerin, Kriegerin oder Rächerin werden kannst! Auf ein Lebewesen schießen, das macht man nicht einfach mal so. Auch nicht, wenn es sich um Marc Bardys handelt. Wenn deine Zielscheibe der Mörder deiner Schwester ist.«

Patty bekommt einen Moment lang keine Luft mehr, als Jane das alles gesagt hat. Es dauert etwas, bis sie wieder bei sich ist. Jane nimmt ihr das Gewehr ab und geht mit ihr ein Stück weiter in die Sonne, deren Wärme sich wie ein Schal um Pattys Schultern legt. Sie spürt, wie all ihre Gewissheiten ins Wanken geraten.

»Du kannst mir alles erzählen, weißt du«, flüstert Jane.

Und dann bricht alles aus Patty heraus, was sie für sich behalten, was sie bisher noch nie jemandem erzählt hat. Wie sie das Gefühl hatte, ihr sei an dem Tag, als ihre Schwester starb, ein Stück aus ihrem Herzen gerissen worden. Wie sie sich seither jedes Mal schuldig fühlt, wenn sie glücklich ist oder lacht. Wie schwer es ist, mit ihren Eltern über das alles zu reden.

»Ich würde so gerne endlich ein neues Kapitel in meinem Leben aufschlagen«, sagt sie.

»Ich kann dir dabei helfen, wenn du willst.«

»Wie denn?«

»Muss ich dir darauf wirklich eine Antwort geben?«

Jane erzählt ihr von der Jagd am Abend vorher, vermeidet dabei allzu hässliche Details. Patty hört ihr nur mit einem Ohr zu. Ihr wird immer klarer, dass sie niemals in der Lage sein wird, Marc Bardys selbst zu töten. Auch wenn der Hass und die Wut in ihr noch so groß sind und ihr Leben beherrschen. Die Stücke des Puzzles beginnen sich in ihrem Kopf auf neue Weise zusammenzufügen.

Sie umarmt Jane, drückt sie fest an sich.

»Danke«, flüstert sie.

Plötzlich vibriert in ihrer Tasche das Handy. Sie ist mit Jane bereits auf dem Rückweg ins Vereinsgebäude, als sie es herauszieht und die Textnachricht von Seraph liest.

> *Wie wär's mit ›Danke, Seraph‹?*

»Was Wichtiges?«, erkundigt sich Jane.

»Nein … nur meine Eltern«, lügt Patty. »Wir haben uns heute Morgen gestritten.«

Als sie im Vereinsbistro an der Theke sitzen, vibriert das Handy noch einmal.

Während Jane zwei Cappuccinos bestellt, checkt Patty die neue Nachricht. Als Jane sich zu ihr dreht, winkt sie ab. Versucht durch ein Lächeln ihre Verwirrung zu verbergen.

Wenn er draußen ist, hast du dann einen Plan, wie du an ihn rankommst?
Ich kann dich zu ihm bringen.

Black_Angel @Seraph_Up
Halt dich nicht länger mit diesem Mädchen auf. Bardys kommt raus, nur das zählt. Wir brauchen sie jetzt nicht mehr.

11:47

Seraph_Up @Black_Angel
Sobald er draußen ist, wird er misstrauisch sein und nicht leicht jemand an sich rankommen lassen. Sie kann uns helfen, ihn in Sicherheit zu wiegen. Bisher war sie immer korrekt. Wenn's nach mir geht, soll sie ruhig mit ihm reden. Bardys hat ihre Schwester auf dem Gewissen.

11:48

Black_Angel @Seraph_Up
Du bist echt sentimental drauf, Alter.
Woher willst du wissen, dass sie dein Angebot annimmt?

11:48

Seraph_Up @Black_Angel
Patty Johnson hat keine andere Wahl. Sie kann nicht riskieren, dass jemand ihn lyncht, bevor sie selbst zum Zug gekommen ist. Sie will ihre Rache. Das Video gestern hatte eine Riesenreichweite. Tausende Lynchjäger werden sich auf Bardys stürzen. Ein Vorsprung wird ihr da recht sein.

11:49

Black_Angel @Seraph_Up
Und wenn sie ihn umbringt, bevor wir haben, was wir wollen?
11:50

Seraph_Up @Black_Angel
Dazu ist sie nicht fähig. Sie kann niemanden umbringen.
Vertrau mir.
Hab ich dich schon mal enttäuscht?
11:51

9

Tag 4, 13.30 Uhr – Auf der Straße

2 838 352.
Ein leichter Wind ist aufgekommen. Zu kalt, um sich davon zärtlich übers Gesicht streichen zu lassen. Patty stellt den Kragen ihrer Jacke hoch, steckt die Hände in die Taschen. Vor ihr überquert eine getigerte Katze die Straße, langsam und stolz. Als ein Auto die Katze beinahe überfährt, entfährt Patty ein Schrei. Gun_27 hat recht. Selbst wenn die Katze sie blutig kratzen und beißen würde, brächte sie es nicht fertig, sie zu töten. Wie soll sie es dann bei Bardys schaffen? Gun_27 wird ihre Rächerin sein. Das hat ihre neue Freundin ihr mehr oder weniger deutlich vorgeschlagen. Sie wird das Angebot annehmen.

Patty geht mit hastigen, energischen Schritten, zum x-ten Mal wiederholt sie im Kopf die Sätze, die sie dem Mörder ihrer Schwester entgegenschleudern will, sobald sie ihm gegenübersteht. Sie will, dass er mit einem Foto von Iris vor Augen stirbt und mit ihrem Vornamen in den Ohren. Aber davor wird sie ihm ihr ganzes Leid ins Gesicht schreien, den ganzen Schmerz, der jede Sekunde ihres Lebens ihr Herz durchbohrt. Er soll erfahren, wie sehr er auch ihr Leben zerstört hat. Dass sie innerlich und äußerlich wie eingefroren ist. Sie will auf seinem Gesicht die Angst lesen, den Augenblick miterleben, in dem er begreift, dass es mit ihm vorbei ist, dass er nicht mehr lebendig davonkommen wird. Und dann wird sie die Augen schließen. Sie wird den Ort verlassen, ohne noch einmal einen Blick auf ihn zu werfen, auf seinen zusammengesackten Körper.

Seit drei Jahren hält sie nur der Gedanke an diese Gegenüberstellung aufrecht. Und jetzt ist der Moment dafür gekommen. Die Puzzlestücke fügen sich zusammen. Es fehlt nur noch das Treffen mit Seraph, um die letzten Details festzulegen. Danach wird sie alle nötigen Informationen an Gun_27 weitergeben, damit sie sich in Position bringen kann. Bis sie ihr das Signal zum Todesschuss gibt.

2 851 123.

Seraph hat sich mit ihr in einem mehrstöckigen Abbruchhaus im Norden der Stadt verabredet. Dort ist um diese Uhrzeit keine Menschenseele. In dem Zaun, der den Zutritt zum Grundstück verhindern soll, klaffen an mehreren Stellen Lücken. Nachts trifft sich hier die Drogenszene, das ist stadtbekannt, Dealer verticken auf dem Gelände an ihre Kunden alles, was in geheimen Laboren an synthetischen Drogen produziert wird.

Patty zwängt sich durch einen Spalt im Zaun. Der gepflasterte Hof dahinter ist mit Abfällen übersät. Umgestoßene Mülltonnen, Möbel, Hausrat und Bauschutt. Alles Mögliche, das aus den oberen Stockwerken einfach heruntergeworfen wurde. Einkaufswagen, sogar ein rostiges Autowrack.

Ein Schauder läuft ihr den Rücken hinunter. Aufmerksam mustert sie den Ort. Hier wird sich das Versprechen, das sie Iris gegeben hat, erfüllen.

2 855 670.

Heute? Morgen? Das Ende ist auf alle Fälle nahe. Sie blickt an dem Gebäude hoch. Unzählige Fensteröffnungen gehen auf diesen Hof. Gun_27 wird problemlos den richtigen Winkel finden können, um auf Marc Bardys zu zielen und ihn zu töten.

Patty spürt, dass sie sich die Szene weiter als bis dahin nicht ausmalen mag. Angst, dass sie im letzten Moment noch Zweifel befallen könnten? Oder will sie nur nicht verfrüht das rauschhafte Gefühl aufkommen lassen, das sie dann überfluten wird? Sie weiß es nicht. Sie muss jetzt voll konzentriert bleiben.

Patty wirft einen Blick auf ihr Handy.

2 861 297.

Der Zähler rückt unablässig voran. Nichts kann ihn mehr aufhalten. Bald gehört Marc Bardys ihr.

Als sie den Kopf hebt, entdeckt sie Seraph. Er steht neben einem Seiteneingang in das Gebäude und winkt ihr. Geht auf sie zu. Zündet sich währenddessen eine Zigarette an. Der von ihm ausgeatmete Rauch wird vom Wind sofort davongetragen.

»Woher weißt du, dass er kommen wird?«, fragt sie, als Seraph bei ihr angelangt ist.

Er lächelt.

»Das ist meine Sache«, antwortet er.

Sie will schon den Mund öffnen, um zu sagen, dass er sich mit ihr solche Spielchen sparen kann. Aber dann lässt sie es. Sie braucht ihn. Auch wenn ihr Misstrauen ihm gegenüber groß ist. Dafür ist viel zu schön, um wahr zu sein, wie sich alles ineinanderfügt. Denn irgendetwas stimmt hier nicht. Wie kommt es dazu, dass Seraph ihr Bardys nach der Haftentlassung so bereitwillig serviert? Ganz klar, sie haben ein gemeinsames Interesse, nämlich dass Bardys aus dem Gefängnis kommt. Aber jetzt, wo

Seraph und seine Auftraggeber kriegen, was sie wollen – welchen Grund sollten sie haben, ihr, Patty, den Gefallen zu tun und ihr seine Eliminierung zu überlassen? Wenn sie wollen, dass er umgebracht wird, brauchen sie Patty dafür nicht. Tausende von Lynchjägern warten nur darauf. Werden überall in der Stadt startklar sein, sobald er freigelassen ist. Also, warum? Damit man sie nicht verdächtigt, ihn umgebracht zu haben? Das ergibt keinen Sinn. Wer auch immer Bardys tötet, genießt dafür Immunität. So steht es im Gesetz zur vorzeitigen Haftentlassung. Welche Rolle soll sie also für Seraph und seine Auftraggeber erfüllen? Sie weiß es nicht. Sie weiß nur, dass sie Seraph und seine Auftraggeber braucht. Seraph scheint sich sicher zu sein, Marc Bardys hierherlocken zu können. Warum sollte sie das ausschlagen? Und eines ist sicher: Sie wird ihren eigenen Plan durchziehen. Bis zum Ende.

2 869 748.

Seraph hat keine Ahnung, dass sie einen Trumpf im Ärmel hat! Gun_27. Ihre Rächerin, die Marc Bardys töten wird, bevor Seraph und seine Komplizen wissen, wie ihnen geschieht.

Patty ist bester Stimmung. Sie bestimmt das Spiel.

»Wann ist es so weit?«, fragt sie.

»Wenn es so weitergeht, erreicht der Zähler die Schwelle von drei Millionen Klicks heute im Lauf des Abends. Er wird dann einer Richterin vorgeführt, die ihn offiziell von seiner vorzeitigen Haftentlassung in Kenntnis setzt. Man wird ihm eine elektronische Fußfessel anlegen, danach bringt man ihn an einen Ort, den nur die Sicherheitsbehörden kennen. Dort wird er ausgesetzt. Das alles wird sich morgen Vormittag abspielen.«

»Und warum sollte er sich danach mit dir hier verabreden?«, fragt Patty.

»Weil er den Ort kennt. Weil er nur hier Hilfe finden kann, nirgendwo sonst. Das weiß er genau. Er wird hinwollen, wo er sich auskennt. Wo er zu Hause ist. Das hier, das war sein Revier. Er kennt jeden verdammten Zentimeter von dieser Bruchbude und dem Grundstück. Vielleicht hat er auch irgendwo Geld versteckt oder eine Waffe, wer weiß?«

Patty betrachtet Seraph misstrauisch. Geld. Waffe. Was er da sagt, passt überhaupt nicht in das Bild, das sie von Marc Bardys hat. Der Mörder ihrer Schwester ist kein schwer bewaffneter Gangster. Wenn er das wäre, hätte er niemals versucht, Iris das Handy zu entreißen. Damit gibt sich so jemand nicht ab. Seraph will sie einlullen. Aber sie lässt ihn machen.

»Okay«, antwortet sie nur. »Wann genau wird er hier sein?«

2 870 296.

»Gegen Mittag. Kann auch ein Uhr werden. Aber nicht später.«

Patty hebt den Kopf, blickt zum Himmel, versucht zu bestimmen, wo Norden ist. Sie berechnet den Lauf der Sonne. Sie muss unbedingt den richtigen Winkel bestimmen, damit Gun_27 nicht durch die Sonne behindert wird. Schließlich glaubt sie, den idealen Ort gefunden zu haben.

»Da drüben«, sagt sie, »neben dem kleinen Baum.«

Seraph sieht sie erstaunt an.

»Warum?«

»Iris liebte die Natur. Wenn ihre Seele sich uns hier irgendwo zeigt, dann an diesem Ort. Ich will, dass sie der Exekution von einem Logenplatz aus beiwohnen kann.«

Seraphs Mundwinkel gehen amüsiert, fast spöttisch nach oben. Er hat es ihr abgenommen. Gut so. Patty lässt ein letztes Mal ihren Blick über das Gebäude und das Grundstück schweifen, um sich jedes Detail fest einzuprägen.

»Ich werde da sein«, sagt sie. »Bis morgen.«

Sie schlüpft wieder durch den Zaun. Auf der anderen Seite bleibt sie einen Moment stehen. Sie hat windelweiche Knie. Aber sie ist zufrieden. Denkt an Iris.

2 876 412.

Der neue Zählerstand von Marc Bardys lässt sie wieder ins Leben zurückkehren. Sie darf sich jetzt nicht gehen lassen, darf keine Schwäche zeigen. Sie schickt eine Textnachricht an Gun_27.

> Morgen Mittag bereit für eine Jagdpartie?

Eine Sekunde später ist die Antwort da.

> Komm bei mir vorbei, dann können wir reden!

Es folgen Janes Adresse und der Zugangscode zum Mietshaus, in dem sie wohnt.

> Bin gleich da.

Sie hören Radio Plus, den Sender, mit dem Sie die neuesten Nachrichten miterleben können, als wären Sie vor Ort. Die Freilassung von Marc Bardys gilt inzwischen als sicher. Wir nehmen das zum Anlass, Sie heute zu einer außergewöhnlichen Livereportage einzuladen. Das erste Mal seit Inkrafttreten des Gesetzes zur vorzeitigen Haftentlassung hat ein Reporter die Erlaubnis erhalten, den Ort zu betreten, an dem sich der offizielle Teil des Geschehens abspielt: den Justizpalast. Genauer: das Büro der zuständigen Richterin.

In wenigen Stunden wird dort Marc Bardys mit der elektronischen Fußfessel ausgerüstet werden, die jeden Tag auf die Sekunde genau um 19 Uhr die Daten zu seinem Standort, aber auch zu seiner körperlichen und psychischen Verfassung übermittelt. Die App *Guilty* zeigt diese Daten für alle Interessierten an. Jeder kann sich über den Puls des Entlassenen und seinen emotionalen Stabilitätsindex informieren. Der sogenannte ESI wird auf einer Skala von 1 bis 10 gemessen. Wir schalten jetzt direkt zu unserem Sonderkorrespondenten Martin Home. Er befindet sich im Moment im Büro von Richterin de Bauller.

Habe ich recht, Martin?

»Ja, so ist es. Ich befinde mich im Büro von Elsa de Bauller. Wie Sie wahrscheinlich alle wissen, wurde sie vor ein paar Jahren zur Richterin der Volksjustiz ernannt. Damit wird den

Bestimmungen des neuen Gesetzes zur vorzeitigen Haftentlassung entsprochen.

Frau de Bauller, vielen Dank, dass sie uns in Ihrem Büro empfangen. In wenigen Stunden wird hier auf dem Stuhl, auf dem jetzt ich sitze, der Haftentlassene Marc Bardys Platz nehmen. Können Sie uns vielleicht schildern, was dann geschieht? Was werden Sie ihm sagen?

›Das ist ein sehr wichtiger Moment. Der Gefangene wird mir vorgeführt, und ich informiere ihn in aller Form darüber, dass sein Fall zum Gegenstand eines Spezialverfahrens wurde und dass das Volk als Souverän beschlossen hat, ihn gemäß dem Gesetz zur vorzeitigen Haftentlassung freizulassen. Ich werde ihm mitteilen, dass er keinerlei Schutz durch staatliche Autoritäten genießen wird und dass jede Staatsbürgerin und jeder Staatsbürger ihn töten darf, ohne dafür strafrechtlich belangt zu werden. Lediglich Folter bleibt verboten. Das Gesetz verpflichtet mich außerdem dazu, ihm gewisse Informationen an die Hand zu geben.‹

Darf ich fragen, welche? Unser Publikum würde das natürlich sehr gerne erfahren.

›Nun, ich werde ihm mitteilen, was uns die Statistik verrät. Von den 238 Personen, die nach diesem Verfahren vorzeitig aus der Haft entlassen wurden, haben 177 den Lynchtod durch die Bevölkerung gefunden, 9 Personen ist es gelungen, Beweise für ihre Unschuld zu sammeln und bei einem erneuten Gerichtsverfahren freigesprochen zu werden. Über die restlichen 52 Personen wissen wir nichts. Wir haben keine Angaben, was aus ihnen geworden ist. Ob sie weiter in der freien Wildbahn überleben oder inzwischen ebenfalls tot sind.‹

Der Haftentlassene hat somit eine Chance, zu überleben,

was ihm etwas Hoffnung machen dürfte. Alle, die an dieser Menschenjagd teilnehmen wollen, dürften sich ebenfalls motiviert fühlen. Die Erfolgsrate ist hoch. Erzählen Sie uns doch noch, wie es danach weitergeht.

›Ich werde offiziell die Haftentlassung verkünden. Danach wird Bardys von zwei Polizeibeamten in die Tiefgarage des Justizpalastes geführt, wo ein Wagen auf ihn wartet. Der bringt ihn zu einem von einem Expertengremium bestimmten, geheim gehaltenen Ort im Freien. Dort wird er ausgesetzt. Über alles Weitere habe ich keine Verfügungsgewalt mehr.‹

Vielen Dank, Frau de Bauller. Nun wissen wir alle Bescheid, was sich hier in den nächsten Stunden abspielen wird.«

Vielen Dank, Martin Home!

Das war die Livereportage unseres Sonderkorrespondenten zur in Kürze erwarteten Freilassung von Marc Bardys. Radio Plus setzt alle verfügbaren Mittel ein, um sie in den Morgenstunden so nah wie möglich das Geschehen miterleben zu lassen. Es verspricht, spannend zu werden! Radio Plus – immer am Puls der Zeit!

10

Tag 4, 18.15 Uhr – Bei Jane zu Hause

Mit ihrem kleinen Sohn auf dem Arm wirkt Jane wie verwandelt. Sie ist nicht mehr die gefürchtete, unbarmherzige Jägerin, sondern eine zärtliche, aufmerksame Mutter. Gun_27 scheint hier nichts zu suchen zu haben.

Patty sieht sich in der Wohnung um, drei kleine Zimmer, Küche, Bad, in einem Wohnblockviertel im Norden der Stadt gelegen. Die Fenster gehen auf einen Schulhof. Sie stellt sich vor, wie in den Pausen von dort das fröhliche Stimmengewirr der Kinder heraufdringt. Die Einrichtung ist karg, auf das Minimum begrenzt, so als wäre Jane nur vorübergehend hier. In einer Zimmerecke liegen Haufen mit Spielzeug und Plüschtieren.

»Darf ich dir Thilo vorstellen? Er ist drei Jahre alt. Thilo, das ist Patty.«

Der Junge dreht das Gesicht weg, schmiegt sich an seine Mutter.

»Na komm, sei nicht so schüchtern«, sagt Jane. »Du brauchst keine Angst zu haben. Patty frisst keine kleinen Kobolde! Und du bist mein kleiner Lieblingskobold!« Sie kitzelt ihn.

Thilo muss kichern und dreht den Kopf vorsichtig zu Patty, um sie kurz anzuschauen. Dann schmiegt er sich wieder an seine Mutter.

»Geh spielen in dein Zimmer! Ich mach dir was zu essen, ja?« Sie lässt Thilo auf den Boden gleiten. Er verschwindet ins Nebenzimmer.

»Du bist alleinerziehend?«, fragt Patty.

»Ja. Er hat seinen Vater nie kennengelernt. Eine Jugendliebe. Über die Schule hat es nicht hinausgereicht. Ich war damals wahnsinnig in ihn verliebt. Wir waren beide viel zu jung. Er wollte die Verantwortung für ein Kind nicht und hat sich aus dem Staub gemacht. Ich weiß nicht, was aus ihm geworden ist, und will es auch nicht wissen.«

Sie gehen in die Küche, wo Jane den Kühlschrank aufmacht. Mit einem ratlosen Achselzucken steht sie davor.

»Schwierig, immer wieder neue Ideen zu haben, was ich dem Kleinen kochen soll.«

»Weißt du, was? Ich kann mich drum kümmern«, schlägt Patty vor.

Sie muss dringend irgendetwas tun, ihre Hände und ihre Gedanken beschäftigen. In ihr läuft alles heiß. Sie muss ununterbrochen an den nächsten Tag denken, an die Begegnung mit Marc Bardys, an den Augenblick, in dem sie ihm alles entgegenschleudert, was sie seit Iris' Tod mit sich herumträgt. An den Moment, in dem Iris zu ihrem Recht kommt. In dem er ihr ins Gesicht sehen muss. Er wird sich dann nicht mehr so davonstehlen können wie während des Prozesses, wo er immer mit gesenktem Kopf dasaß. Wo er kein einziges Mal sie oder ihre Eltern angeblickt hat. Es war unglaublich hart gewesen, von ihm so ignoriert zu werden. Seither hat Patty vor dem Spiegel immer wieder stundenlang trainiert, jemandem in die Augen zu schauen. Ohne wegzuschauen. So lange wie möglich auszuhalten, ohne zu blinzeln. Sie hat im Bus, in Geschäften und bei der Arbeit geübt. Fremden Menschen in die Augen zu schauen. Niemals als Erste den Blick abzuwenden. In einem unausgesprochenen Machtkampf. Auch wenn der Mörder ihrer Schwester ihr gegenübersteht, wird sie seinem Blick standhalten. Vielleicht wird er sie packen und zu Boden werfen. Vielleicht wird er ihr ins Gesicht lachen, wer weiß? Davor fürchtet sie sich, das treibt sie um.

»Schinkennudeln mit Sahnesoße, mit Käse überbacken. Glaubst du, das mag er?«

»Super!«

»Und was Marc Bardys angeht ...«

Jane dreht sich zu Patty, lächelt sie an, nickt zustimmend.

Wortlos verständigen sie sich. Sie müssen nicht miteinander reden, um eine Art von Vertrag abzuschließen.

»Während du kochst«, sagt Jane, »stecke ich Thilo in die Badewanne, und er soll dann schon mal seinen Schlafanzug anziehen. Fühl dich wie zu Hause. Guck ruhig in allen Schränken nach, wenn du etwas brauchst.«

Kaum ist sie aus der Küche, zieht Patty ihr Handy raus, um zu checken, wie hoch der Zählerstand bei Marc Bardys inzwischen ist.

2 905 173.

Ihr Herz schlägt schneller. Einen Moment lang will sie schon einen Post mit einem riesengroßen Dankeschön online stellen, tut es dann aber doch nicht. Die Reaktionen der Leute sind so unvorhersehbar. Nicht dass jetzt noch irgendwas schiefgeht.

Patty wirft die Nudeln ins kochende Wasser, stellt den Wecker und kann dann nicht anders, sie muss gleich wieder auf den Zähler blicken.

2 907 946.

Von nebenan ist das fröhliche Herumplätschern von Thilo in der Badewanne zu hören, ein Glucksen und Kichern. Da drüben bei den beiden ist das Leben, ist die Zukunft. Bei ihr dagegen dreht sich alles um Tod und Vergangenheit. Dieser Gedanke lässt sie schaudern. Morgen, wenn alles vorbei ist, wird sie die App sofort von ihrem Handy löschen, und auch in den sozialen Medien will sie nicht mehr unterwegs sein. »Das Leben findet woanders statt«, denkt sie. »MEIN Leben ist woanders. Ich muss mir jetzt ein neues Leben aufbauen. Er hat mir meine Schwester genommen, der Typ hat mich drei Jahre gekostet. Aber den Rest meines Lebens bekommt er nicht.«

»Redest du mit dir selbst?«, fragt Jane.

Patty zuckt zusammen. Bekommt einen roten Kopf. Sie hat gar nicht bemerkt, dass sie ihre Gedanken laut ausgesprochen hat.

»Bist du schon lange hier?«, fragt sie.

Jane lächelt sie an.

»Keine Sorge, ich hab nichts verstanden. Hab nur gehört, wie du vor dich hin gemurmelt hast. Das passiert mir auch oft.«

Sie holt unter der Spüle einen Putzlappen hervor.

»Thilo hat alles nass gespritzt!«

Jane verschwindet wieder. Sie ist so nett, denkt Patty, so sanft und freundlich. Dann gießt sie die Nudeln ab, schüttet sie in eine Auflaufform, schneidet den Schinken, gießt Sahne dazu und streut am Schluss noch geriebenen Käse darüber.

Sie fühlt sich wohl. Alles hier fühlt sich friedlich, warm und zugewandt an. Aber wie kann man sich sicher sein, ob jemand es ernst und aufrichtig meint? Patty packt die Frage weg. Sie will nicht dauernd misstrauisch gegenüber anderen Menschen sein.

Nach dem Essen gibt Thilo Patty ein Küsschen auf die Wange.
»Dann hat es dir geschmeckt?«
»Ja, gut!«
»Danke«, flüstert sie ihm ins Ohr. »Schlaf schön! Gute Nacht!«
Jane nimmt Thilo auf den Arm, um ihn ins Bett zu bringen.
Als die beiden im Kinderzimmer verschwunden sind, zieht Patty wieder ihr Handy raus.
2 911 238.
Zufrieden deckt sie den Tisch ab, wartet dann darauf, dass Jane wieder auftaucht.

Auf einem Blatt Papier skizziert sie die Fassade des Abbruchhauses, fügt im Vordergrund den Baum hinzu, neben dem sie warten wird. Sie zeichnet einen Plan des Grundstücks, trägt die wichtigsten Punkte ein und markiert mit zwei schwarzen Kreuzen die Stelle, an der Seraph und sie sich befinden werden. Fügt ein rotes Kreuz hinzu: Marc Bardys.

»Und wo werde ich sein?«, fragt Jane.

»Hast du mir einen Schrecken eingejagt! Ich hab dich gar nicht kommen hören.«

»Vergiss nicht, dass ich eine Jägerin bin. Deshalb bist du doch gekommen, oder?«

»Stimmt«, sagt Patty. »Morgen Mittag ist es so weit. Und was wirst du da mit Thilo machen?«

»Meine Mutter nimmt ihn, wie immer.«

»Sie weiß, dass du –«

»Ja, na klar«, unterbricht sie Jane. »Warum sollte ich ihr verheimlichen, dass ich mich an der Jagd auf die Haftentlassenen beteilige? Ich mache ja nichts Verbotenes.«

Jane greift nach dem Blatt Papier, studiert aufmerksam die Zeichnungen. Patty schildert unterdessen, wie sie sich den Ablauf vorstellt.

»… und wenn ich dann das Gespräch mit ihm beendet habe, schließe ich die Augen und fahre mir mit der Hand durch die Haare. Das ist für dich das Signal!«

Jane steht reglos da. Sie starrt auf das Blatt Papier. Hat die Stirn gerunzelt. Wirkt ernst und streng. Aus der sanften, freundlichen jungen Frau und Mutter ist Gun_27 geworden.

2 923 505.

»Normalerweise arbeite ich nicht so«, verkündet sie. »Ich bin keine Scharfschützin, das ist nicht mein Gebiet«, fährt sie fort, bevor Patty darauf etwas sagen kann. »Das bin ich nicht. Ich bin Jägerin.«

Jane geht in die Küche und kommt mit einer Flasche Bier und zwei Gläsern zurück.

»Was du von mir verlangst, hat nichts mit Jagd zu tun. Das ist eine Hinrichtung!«

Sie setzt sich zu Patty an den Tisch.

Schweigen erfüllt den Raum.

Patty ist verwirrt. Versteht die Reaktion von Gun_27 nicht. Egal, wie es geschieht, wichtig ist doch: Marc Bardys wird sterben. Wenn sie ehrlich mit sich ist, muss sie zugeben: Ja, es handelt sich um eine Hinrichtung. Denn das ist es, was sie will: Marc Bardys soll hingerichtet werden. Wenn sie dazu in der Lage wäre, hätte sie gern selbst den Job übernommen.

Jane schenkt in die Gläser Bier ein. Das Glucksen bleibt lange das einzige Geräusch.

»Ich hätte dich gern vorher mal auf die Jagd mitgenommen, damit du überhaupt weißt, worum es da geht«, sagt Jane schließlich.

»Aber dafür haben wir keine Zeit!«, entgegnet Patty. »Der Zähler steht inzwischen bei über 2 950 000.« Sie hält Jane das Handy hin.

Jane mustert sie eindringlich.

»Ich weiß, dass die Zeit drängt. Aber eine Jagd, das ist mehr als nur das Töten. Was mir daran gefällt, ist das Aufspüren, Verfolgen, In-eine-Falle-Locken, das alles. Mitzukriegen, wie das Wild kämpft, wie es mich auszutricksen versucht. Mich fasziniert, die Logik der Beute, die ich verfolge, zu verstehen. Herauszufinden, wie dieser Mensch denkt, seine Strategie zu erraten, seine nächsten Handlungen vorwegzunehmen. Das Töten ist nur der Abschluss. Das Ende. Ein Musiker spielt auch nicht nur, weil ihm der Applaus am Ende eines Konzerts gefällt. Und wenn doch, dann sollte er lieber etwas anderes machen. Ein Musiker hat Freude am Spielen. Deshalb applaudiert man ihm.«

»Von mir kriegst du auf alle Fälle Applaus«, wirft Patty ein. Sie deutet dazu ein Händeklatschen an, um den Ernst und die Anspannung etwas zu lockern.

Weil Jane darauf nicht reagiert, wird sie unruhig.

»Dann willst du es nicht machen?«

In diesem Moment poppt auf ihren beiden Handys eine Meldung der App *Guilty* auf:

> **Marc BARDYS**
> Tätlicher Angriff mit Todesfolge auf eine vulnerable Person
> 3 000 000 Stimmen
> Erreicht heute um 20.41 Uhr

Tränen laufen Patty die Wangen hinunter.

»Ich habe alles getan, damit er vorzeitig entlassen wird«, sagt sie. »Aber mir vorzustellen, dass er bald wirklich draußen herumläuft, dass er dieselbe Luft atmet wie ich, dass Sonnenstrahlen ihm das Gesicht wärmen, dass es er sich frei fühlt ... Er darf mir nicht entkommen. Ich habe es Iris geschworen.«

Jane schaut ihr in die Augen, umarmt sie.

»Er wird uns nicht entkommen! Das versprech ich dir.«

Ich heiße Ryan. Ich bin fünfzehn Jahre alt.
 Eine Nachricht der App Guilty hat mir gerade mitgeteilt, dass ich der dreimillionste User war, der für die Entlassung von Marc Bardys gestimmt hat. Im Netz ist seither die Hölle los. Von überall treffen die Meldungen ein und verkünden, dass dieser Typ morgen freigelassen wird. Wer er eigentlich ist? Oder was er getan hat? Keine Ahnung. Ich weiß nur, dass dieses Mädchen danach im Krankenhaus gestorben ist.
 Ich habe seinen Namen angeklickt. Das habe ich schon oft bei anderen Tätern gemacht, damit sie vorzeitig entlassen werden. Ich habe dafür noch nicht das gesetzlich vorgeschriebene Alter. Aber das Kontrollsystem bei Guilty kann man leicht austricksen. Kein Problem. Und außerdem machen es meine Freunde auch alle. Ein Klick, weil die anderen es auch alle machen. Ein Klick, um zu signalisieren, dass es widerwärtig ist, einen anderen Menschen zu töten. Ein Klick, weil ich zu den Guten gehöre und dieser Bardys ein Arschloch ist. Die Schwester des Mädchens wirkte so sympathisch und schien so traurig zu sein.
 Aber jetzt krieg ich meine Zweifel. Jetzt, wo es für Marc Bardys bald um Leben oder Tod geht. Das ginge mir vielleicht nicht so, wenn ich als 2 690 298-ster oder als 2 923 963-ster für ihn gevotet hätte. Dann würde ich vielleicht nicht so reagieren. Aber meine Stimme hat den Ausschlag gegeben, dass er jetzt freigelassen wird. Dass er bald sterben wird. Wenn ich nicht den

dreimillionsten Klick gemacht hätte, dann hätte es jemand anders gemacht. Das weiß ich. Auch wenn ich seinen Namen nicht angeklickt hätte, wäre das Ergebnis dasselbe. Aber damit mache ich es mir zu leicht. Denn es war MEIN Klick, durch den dieser Typ die Schwelle von drei Millionen abgegebenen Stimmen erreicht hat.

MEIN Klick.

Endlich_Gerechtigkeit

Marc Bardys muss vom Antlitz dieser Erde verschwinden! Wir haben keinen Platz für Gauner und Halunken wie ihn!

12:01 ♥ : 578 : 234 💬 : 395

Jüngste Kommentare:

Gehört_sofort_gelyncht @Endlich_Gerechtigkeit
Die Jagd ist eröffnet. Ich hab alles dafür vorbereitet!
21:42

HelenaFürEineGerechteJustiz @Endlich_Gerechtigkeit
»Rache ist eine Art wilder Gerichtsbarkeit«, schreibt der Philosoph Francis Bacon Ende des 16. Jahrhunderts. Er führt aus, dass sie vom Gesetz ausgeschlossen werden muss, gerade weil die menschliche Natur dazu neigt. Ich teile diese Meinung. Wir sollten uns von der Vernunft und nicht von unseren Instinkten leiten lassen..
21:44

Al_speed_mad @HelenaFürEineGerechteJustiz
So ein Schwachsinn! Deinen Bacon verspeise ich mit Spiegelei zum Frühstück!
21:45

Eile_mit_Weile @Al_speed_mad
Viel Vergnügen mit Speck aus dem 16. Jahrhundert. Hol dir dabei bloß keine Lebensmittelvergiftung!
lol
21:45

Hemmungslos @HelenaFürEineGerechteJustiz
Wir werden Marc Bardys in Schinkenspeck verwandeln!
Wer ist dabei?
21:46

11

Tag 5, 8.10 Uhr – Bei Jane zu Hause

»Wir treffen uns hier … wenn es vorbei ist«, sagt Jane.
Patty nickt stumm und flüstert ein tief empfundenes »Danke«, als die Wohnungstür bereits zufällt. Sie geht die Treppe hinunter. Ihr Herz klopft ein wenig zu schnell. Und auch ein wenig zu stark.
Sie wollte am Abend nicht mehr nach Hause und verbrachte die Nacht bei Jane. Sie schlief in Janes Bett und Jane bei Thilo. Ihren Eltern schickte sie eine Textnachricht, wo sie war, damit sie sich keine Sorgen machten. Sie schlief unruhig, wachte immer wieder auf, nahm geistig Hunderte von Malen die Begegnung mit dem Mörder ihrer Schwester vorweg. Wie sich alles abspielen würde. Auch mit Iris redete sie viel. Hätte sie das Tagebuch ihrer Schwester bei sich gehabt, hätte sie wie immer blind eine Seite daraus aufgeschlagen, um darin eine Weissagung für die Zukunft zu finden.
Als sie auf der Straße ist, blinzelt sie kurz und kneift die Augen zusammen, weil das Sonnenlicht ihr direkt ins Gesicht scheint. Sie macht sich auf den Weg. Wiederholt sich innerlich

unablässig, dass Marc Bardys bald entlassen wird. Beim Aufwachen hat sie sofort einen Blick auf die App *Guilty* geworfen, um sicherzugehen, dass sie nicht geträumt hatte und dass der Zähler tatsächlich die Schwelle von drei Millionen Stimmen erreicht hatte. Das alles kommt ihr total verrückt vor. Sie fühlt sich wie in einem Rausch, dem sie nicht ganz traut. Sie darf sich davon nicht zu sehr beeinflussen lassen. Sie muss einen klaren Kopf behalten. Worum es geht, ist viel zu wichtig.

Zum x-ten Mal spielt sie im Kopf durch, was in den nächsten Stunden geschehen wird. Seraph wird auf der Nordseite des Grundstücks am Zaun auf sie warten. Gemeinsam werden sie das verlassene Grundstück betreten, auf den Baum zusteuern und dort warten, bis Marc Bardys eintrifft. Gun_27 wird zu diesem Zeitpunkt bereits ihre Position eingenommen haben. »Achte darauf, dass du niemals in meine Richtung schaust. Das könnte sie misstrauisch machen, egal ob alle beide oder nur einen von ihnen«, hatte Jane ihr eingeschärft. Um das zu vermeiden, war es Patty lieber gewesen, dass Jane ihr gar nicht erst mitteilte, wo genau sie Stellung beziehen würde. Wenn der Mörder ihrer Schwester vor ihr steht, wird es wahrscheinlich eine kurze Verwirrung geben, weil er darauf nicht vorbereitet ist. Misstrauen wird in ihm aufsteigen, vielleicht sogar Angst. Sie wird zu ihm sprechen, dann die Augen schließen und sich mit der Hand durch die Haare fahren. Das wird das Signal für Gun_27 sein. Danach muss sie nur noch online stellen, dass Marc Bardys tot ist, dass seine Leiche auf dem Grundstück eines verlassenen Gebäudes liegt, dessen GPS-Daten sie durchgibt. Es wird nur wenige Minuten dauern, dann werden Hunderte, wenn nicht Tausende dort eintreffen. Das Gedränge von Menschen wird so groß sein, dass Gun_27 unbemerkt den Tatort verlassen kann.

»Ich will nicht erkannt und damit in Verbindung gebracht werden«, hat Jane am Vorabend zu ihr gesagt. »Ich mach das für dich, das ist alles.«

Patty geht schneller. An der nächsten Straßenecke biegt sie rechts ab. Wenn sie der breiten, viel befahrenen Straße folgt, ist sie in einer Stunde im Norden der Stadt. Der lange Fußmarsch macht ihr nichts aus. Im Gegenteil. Es wird ihr guttun. Es hilft ihr gegen ihre innere Anspannung.

Je länger sie an der Straße entlanggeht, desto besser gelingt es ihr, ihre Gedanken von all den Kleinigkeiten zu lösen, die sie nur ablenken, und sich auf sich selbst und ihr Ziel zu konzentrieren. Sie denkt an den Rat, den Jane ihr am Schießstand gegeben hat, beim Zielen auf die bewegliche Schießscheibe: »Dein Körper muss mit deiner Waffe eins werden, du musst die Bewegung des Ziels zu deiner eigenen Bewegung machen.« Genauso muss Patty auch jetzt sie selbst und zugleich Marc Bardys sein. Sie muss versuchen, seine Gedanken zu erraten, seine Bewegungen und Gesten vorwegzunehmen, noch bevor er sie auch nur angedeutet hat.

Plötzlich vibriert ihr Handy. Eine Nachricht von Seraph:

> Treffen ist eine Stunde früher.

Ein Adrenalinschub durchflutet ihren Körper. Mit dem perfekten Szenario, das sie im Kopf so oft durchgegangen ist, ist es jetzt nichts mehr. Eine Erklärung gibt Seraph nicht. Ist auch egal. Sie muss sofort Gun_27 benachrichtigen. Schon geschehen.

Ohne es zu bemerken, beschleunigt Patty ihre Schritte noch mehr. Ihr Atem geht stoßweise. Ihre Absätze klappern laut auf dem Gehsteig. Ein Stück weiter ist eine U-Bahn-Station. Sie stürzt die Treppe hinunter, stößt mehrmals gegen die Schultern entgegenkommender Fahrgäste. Das kümmert sie jetzt nicht. Hauptsache, sie kommt schnell voran.

Um diese Uhrzeit ist die U-Bahn gesteckt voll. Sie zählt die Stationen. Acht. Hofft inständig, dass es keine Panne oder irgendeinen Zwischenfall gibt, keinen Fahrgast, der hartnäckig das Schließen der Türen verhindert. Vielleicht hätte sie besser ein Taxi nehmen sollen? Zu spät.

Patty würde gerne ihr Handy rausziehen, um zu checken, ob Gun_27 ihr geantwortet hat. Aber im Wagen ist ein so dichtes Gedränge, dass sie sich nicht rühren kann. Neben ihr hört ein Jugendlicher mit Kopfhörern so laut Musik, dass sie auch alles mithört. Ein Stück weiter beschimpft eine Frau einen Mann, dass er ihr nicht an den Hintern fassen soll. Andere Fahrgäste mischen sich ein. Wenn die Situation eskaliert, muss der U-Bahn-Zug in der nächsten Station warten, bis die Sicherheitskräfte eingetroffen sind.

Iris, hilf mir! Iris, hilf mir! Iris, hilf mir!

An der nächsten Station steigt der Mann aus, nicht ohne seinerseits laut zu schimpfen, dass es eine Schande sei, so behandelt zu werden, dass er ein unbescholtener Mensch sei, dass diese Frau offensichtlich ein Problem habe und ihre eigenen Wunschvorstellungen mit der Wirklichkeit verwechsle. Wieder gehen Beleidigungen hin und her. Die Türen schließen sich nicht. Eine Frau versucht, noch einzusteigen. Sie hat ein Kleinkind auf dem Arm, mit der anderen Hand schiebt sie einen zusammengeklappten Kinderwagen. Solange sie sich nicht ganz im Innern des Wagens befindet, können sich die Türen nicht schließen. Keiner rührt sich, alle schauen schnell woandershin, um nicht noch dichter zusammenrücken und ihr Platz machen zu müssen. Schließlich gibt sie es auf. Ein befreiendes Piep-piep-piep ertönt. Die U-Bahn fährt an.

Eine Viertelstunde später steigt Patty aus und schlängelt sich auf dem Bahnsteig durch die Passanten zum Ausgang. Sobald sie kann, zieht sie ihr Handy heraus. Keine Nachricht. Soll sie Gun_27 noch einmal schreiben? Seraph anrufen, um zu wissen, was los ist?

Sie will gerade lostippen, da trifft erst eine Nachricht ein, dann eine zweite.

> Habe meine Position eingenommen.

> Bin gerade angekommen. Warte auf dich.

Die erste stammt von Gun_27, die zweite von Seraph.
Danke, Iris.
Alles rückt wieder an seinen Platz, alles verläuft nach Plan. Aber die geringste Störung kann die Maschine ins Stottern bringen. Patty ballt die Fäuste, beißt die Zähne zusammen, als könnte das dazu beitragen, dass alles wie geschmiert läuft.

An der Oberfläche aufgetaucht braucht sie eine Sekunde, um sich zu orientieren. Dann biegt sie in die Straße ein, die zu dem Abbruchhaus führt. Nach ein paar Minuten tauchen die Umrisse des gespenstischen Gebäudes auf. Doch ohne Magie oder ein Geheimnis auszustrahlen. Den grauen Wohnblock umgibt nur Tristesse und Verfall. Ein Schauder läuft ihr den Rücken hinunter.

Ihr Handy vibriert erneut.
Diesmal ist es ihr Vorgesetzter.

> *Patty, bitte halten Sie uns auf dem Laufenden. Bei mehr Krankheitstagen brauchen Sie ein ärztliches Attest. Rufen Sie mich an, sobald Sie diese Nachricht erhalten haben.*

Später, denkt sie und geht schneller.

Vor dem Zaun entdeckt sie Seraph. Erkennt ihn an der Zigarette, die er raucht, noch früher als an seinen Gesichtszügen. Sie sucht die Umgebung nach irgendwelchen Auffälligkeiten ab. Sie weiß, dass er ihr etwas verheimlicht, dass er sie nicht aus reiner Gutmütigkeit mit Marc Bardys reden lässt. Aber sie findet nichts, was bei ihr ein Alarmsignal auslöst. So oder so ist es ihre einzige Chance. Und außerdem hat Gun_27 Stellung bezogen. Sie wird ihr Ziel im gegebenen Moment nicht verfehlen. Niemand wird ihr ihre Rache nehmen.

Sobald Seraph sie bemerkt, steigt er sofort durch den Zaun. Als sie an der Stelle angelangt ist, klettert sie ihm nach.

»Er ist misstrauisch geworden«, verkündet er. Seraph und Patty lehnen sich auf der anderen Seite an den Zaun.

Sie würde ihn am liebsten fragen: Wem gegenüber? Welchen Versprechungen gegenüber?

Aber Seraph fährt bereits fort:

»Es war seine Idee. Bardys wollte, dass wir uns eine Stunde früher treffen.«

»Weiß er, dass ich da bin?«

»Nein. Ist besser so. Hätte ihm Angst machen können. Hast du eine Waffe?«

Patty schlägt ihre Jacke auseinander. Nervös tastet Seraph ihre Hosentaschen ab, überprüft ihren Gürtel, streicht ihr den Rücken entlang, dann über ihre Ärmel.

Er mustert sie eindringlich, als wolle er sich vergewissern, ob sie nicht doch in der Lage sein könnte, Marc Bardys mit ihren bloßen Händen zu erwürgen oder ihm mit einem Fußtritt in den Nacken das Genick zu brechen. Er scheint jetzt zu fürchten, dass sie ihn tatsächlich töten könnte. Dabei war genau das ja ihre Vereinbarung gewesen: dass sie ihn töten würde. Und er sollte dabei sein, um seinen Auftraggebern davon Bericht zu erstatten. Affäre geregelt, alles nach Plan. Wo ist auf einmal das Problem? Sie muss auf der Hut bleiben. Wenn sie eine Frage stellt oder auch nur die geringste Bemerkung macht, kann das dazu führen, dass Seraph die ganze Operation abbricht. Patty tut so, als hätte sie nichts bemerkt.

»Gehen wir?«, fragt sie.

Er geht schweigend voran. Seine Nervosität ist deutlich spürbar, in jeder seiner Bewegungen und Gesten. Er spielt ein doppeltes Spiel. Sie spielt ein doppeltes Spiel. Patty sagt sich, dass er nicht ohne Grund nervös ist, denn sie hat einen Trumpf in der Hinterhand. Sie bestimmt, was geschieht. Sie fährt sich mit der Hand erst an den Hals und streicht sich dann über die Wange, hofft, dass Jane sie beobachtet und versteht, dass diese Geste für sie gedacht ist.

Seraph zündet sich eine neue Zigarette an und stellt sich in der Nähe des Baums genau an die Stelle, die sie am Tag vorher vorgeschlagen hat. Patty muss innerlich grinsen. Alles läuft nach Plan.

Eine endlose, schweigende Warterei beginnt. Patty denkt dabei die ganze Zeit an Iris. Für sie ist sie hier, für sie macht sie das alles. Für Iris und alle Kinder und Jugendlichen aus der Villa Zacharias. Nacheinander lässt sie in Gedanken alle ihre Gesichter an sich vorbeiziehen. Da taucht Bardys auf.

Psychiatrisches Gutachten zum Häftling Marc Bardys – Insasse Nr. 6394

Doktor Daniel Baretto – Gerichtspsychiater

Auf Anordnung von Richter Balden habe ich heute zum Zweck der psychiatrischen Begutachtung ein Gespräch mit Marc Bardys geführt. Bardys brachte mir gegenüber sein Gefühl zum Ausdruck, vom Gericht ungerecht behandelt und zu einer zu harten Gefängnisstrafe verurteilt worden zu sein. Ihm zufolge handelt es sich bei seiner Tat um eine Verkettung unglücklicher Umstände. Wenn der Kopf des Mädchens nicht auf dem Gehsteig aufgeschlagen wäre, wäre sie mit dem bloßen Schrecken davongekommen. Die Polizei hätte nicht nach ihm gefahndet. Und falls er festgenommen worden wäre, hätte er kaum mehr als eine Gefängnisstrafe von ein paar Monaten erhalten.

»Aber ihr verdammter Kopf ist auf der Bordsteinkante aufgeschlagen«, wiederholt Marc Bardys während unseres Gesprächs immer wieder. Als ich ihn darauf hinweise, dass seine Aggression zur tödlichen Verletzung von Iris Johnson geführt hat, scheint er keine Beziehung zwischen seiner Tat und der Todesfolge herstellen zu können.

Als ich ihn darum bitte, mir die Tat zu schildern, die ihn ins Gefängnis gebracht hat, gibt er mir eine detaillierte, mechanisch vorgetragene Zusammenfassung des Hergangs. An keiner Stelle wird deutlich, dass er sich zu seiner Verantwortung bekennt.

Als ich darauf hinweise, dass ohne seine Tat die kleine Iris immer noch am Leben wäre, zeigt er eine aufgebrachte Reaktion.

Als Ergebnis meiner Untersuchung des Gefangenen Marc Bardys fasse ich zusammen, dass sich eine fehlerhafte Realitätswahrnehmung, ein schwach ausgebildetes Verantwortungsgefühl sowie eine emotionale Instabilität feststellen lassen, allesamt Zeichen eines unreifen, gewaltbereiten Charakters.

12

Tag 5, 10.06 Uhr – Auf dem Grundstück des
Abbruchhauses

»Was will die denn hier?«, fragt Marc Bardys. Er wendet sich an Seraph. Patty schaut er nicht an. Patty ist das egal. Er ist fünf Meter vor ihnen stehen geblieben, als fürchte er sich davor, näher zu kommen. Unter seinem T-Shirt blitzt ein Tattoo hervor, doch nicht weit genug, als dass sie erkennen könnte, was es darstellt. Er ist kleiner, als sie ihn vom Prozess in Erinnerung hat. Stämmiger. Von seinem Gesicht hat sie keine Erinnerung, weil er den Kopf die ganze Zeit gesenkt hielt. Die Haare sind abrasiert, auf seinem Schädel kann sie eine lange Narbe erkennen. Die schmalen Lippen sehen aus wie die Falten auf seiner Stirn. Seine Augen sind zwei lebhafte schwarze Kugeln, unruhig, ständig in Bewegung. Dieses Gesicht war das Letzte, was meine Schwester gesehen hat, denkt Patty. Sie nimmt es in sich auf. Sie starrt ihn an und hat nicht vor, ihren Blick so schnell wieder abzuwenden. Sie will auch das mit ihr teilen. Den Anblick dieses Gesichts. Ist überzeugt, dass sie dadurch eine noch größere Nähe zu Iris spüren wird. Sie war nicht da, als ihre Schwester von Marc Bardys angegriffen wurde. Hat sie ihm ins Gesicht geschaut? Hatte sie Angst vor ihm?

»Du hast mir gesagt, dass du allein kommen würdest«, fährt Bardys fort. Sein Tonfall ist noch aggressiver.

»Sie ist die Schwester der Toten«, antwortet Seraph.

Bardys dreht sich zu Patty. Auf seinem Gesicht sind Furcht und Misstrauen zu lesen.

»Und was verdammt noch mal will sie hier?«

»Ihr verdankst du, dass du rausgekommen bist. Du bist ihr das Treffen schuldig. Sie will mit dir reden. Danach verschwindet sie.«

Marc Bardys mustert sie einen Moment mit zusammengekniffenen Augen, schüttelt den Kopf. Dreht sich wieder zu Seraph.

»Hab keine Lust, mir das Gelaber von der anzuhören. Hast du das Geld?«

Patty hat fest vor, sich durch das alles nicht beeindrucken zu lassen. Er ist nur ein jämmerlicher kleiner Wicht, sagt sie sich immer wieder. Sie macht einen Schritt nach vorne. Er ist zu stolz, um zurückzuweichen. Sie macht einen zweiten, diesmal größeren Schritt. Er mustert sie hochmütig. Ein nervöses Lächeln zieht seine Mundwinkel auseinander. Die Worte, die sie ihm an den Kopf werfen wollte, haben sich in Blei verwandelt, in eine schwere, dickflüssige Masse tief hinten in ihrer Kehle.

Einen Moment lang scheint die Zeit stillzustehen. Dann steigt alles in ihr hoch. Sie räuspert sich und legt los:

»Wenn du Iris angelächelt hättest, hätte sie dir mit einem noch größeren Lächeln geantwortet. So war nämlich meine Schwester. Sie hat immer gesagt, dass Nörgler traurige Menschen sind, die nur nicht weinen können; aggressive Menschen hätten so schwere seelische Verletzungen erlitten, dass sie in Tränen ertrinken; und schweigsamen Menschen hätte einfach noch nie jemand wirklich zugehört. Manche haben Iris deshalb für naiv gehalten. Darauf lautete ihre Antwort immer, dass sie sich lieber täusche, als nur einen einzigen interessanten Menschen zu verpassen.«

Patty spricht leise, mit sanfter Stimme und passt höllisch auf, dass sie sich nicht verhaspelt.

Es scheint ihr gelungen zu sein, die Aufmerksamkeit von Marc Bardys auf sich zu lenken. Er schaut sie jetzt eher neugierig als misstrauisch an. Wahrscheinlich hatte er eine Flut von Beschimpfungen, Beleidigungen und Vorwürfen erwartet. Hass und Aggression. Aber diesen Weg hat Patty nicht gewählt.

»Iris wollte Rechtsanwältin werden. Verteidigerin. Sie fand, dass es überall viel zu viele Richter gibt. Dass die Menschen immer viel zu schnell bereit sind, zu verurteilen, und nur wenige die anderen zu verstehen versuchen.«

Seraph ist vorsichtig einen Schritt nach hinten gewichen. Er gleicht einer Katze, die sich für ihre Beute unsichtbar machen möchte. Seine Bewegungen geschehen unmerklich, um bei Marc Bardys keinen Verdacht zu erregen. Das war es also. Sie soll die Aufmerksamkeit von Bardys auf sich lenken, damit er freie Hand hat. Das ist Seraphs Plan. Pattys Anspannung steigt. Soll sie jetzt gleich das Signal an Gun_27 schicken? Sie hat dem Mörder ihrer Schwester noch einiges zu sagen. Aber wenn sie zu lange zögert, dann ist es für ihre Rache vielleicht zu spät. Dann wird ihn jemand anders töten.

Seraph hat sich aus dem Gesichtsfeld von Bardys entfernt. Er hat etwas vor, da ist sie sich sicher. Sie sieht, wie er eine Waffe hervorzieht. Er will ihr ihre Rache nehmen. Ohne groß darüber nachzudenken, was sie da tut, stellt sie sich zwischen Seraph und Bardys.

»Er gehört mir!«, brüllt sie.

»Aus dem Weg mit dir!«, ruft Seraph. »Ich will ihn nicht umbringen! Ich will nur, dass er mitkommt!«

Pattys Plan droht zu scheitern. Sie muss zur nächsten Phase übergehen. Sie dreht sich zum Gebäude, in dem Gun_27 auf der Lauer liegt, schließt die Augen, will sich gerade mit der Hand durch die Haare fahren, als ein Schuss fällt. In der nächsten Sekunde legt sich ein Arm um ihren Hals. Eine Hand hält ihr den Mund zu.

»Wenn ihr irgendwas Fieses versucht, egal was, ist sie tot!«, brüllt Marc Bardys und zerrt sie nach rückwärts.

Patty kriegt kaum mehr Luft. Es gelingt ihr, kurz den Kopf zu drehen. Seraph hat die Hände gehoben, macht beschwichtigende Zeichen. Aber der Griff um ihren Hals lockert sich nicht.

»Sag dem, der da oben auf der Lauer liegt, dass er nicht schießen soll!«

Seraph reißt erstaunt die Augen auf, starrt dann Patty an. Er kapiert gerade, dass sie mit ihm ein doppeltes Spiel spielen wollte.

»Damit hab ich nichts zu tun!«, ruft er. »Ich wusste nicht, dass da ein Scharfschütze versteckt ist. Sie wollte dich abknallen lassen. Ich nicht. Ich wollte nur, dass du mit mir kommst. Damit du uns den Namen deines Kontaktmanns verrätst!«

Patty nimmt alle diese Informationen auf, ohne zu verstehen, worum es geht. Sie blickt auf das Gebäude. Sie weiß, dass dort irgendwo Gun_27 das Geschehen beobachtet. Den Finger am Abzug. Bereit, zu schießen. Und wenn sie schießt, wird sie das Ziel nicht verfehlen. Eine Kugel in den Kopf von Marc Bardys, der danach zusammenbrechen und reglos liegen bleiben wird.

Für immer. Sie spürt seinen Atem an ihrer Wange, während er sie fest an sich presst und als Schutzschild benutzt. Fast kann sie seinen Herzschlag zählen. Patty stellt sich das dumpfe Geräusch vor, mit dem die Kugel in seinen Schädel eindringt. Stellt sich vor, wie das Blut herausspritzt. Riecht, schmeckt das Blut. Stellt sich vor, wie der Körper von Bardys in sich zusammensackt. Wie sein Griff sich lockert. Das alles ruft in ihr Ekel und Abwehr hervor. Sie sträubt sich zutiefst dagegen, spürt, dass sie dieses Erlebnis nicht verkraften wird. So ein Trauma überlebe ich nicht, denkt sie. Danach werde ich nie mehr dieselbe sein. Mit Blicken bettelt sie Gun_27 an, nicht zu schießen, versucht, den Kopf zu schütteln: Tu's nicht! Bei jeder Bewegung würgt Bardys sie noch stärker, presst ihr noch fester die Hand auf den Mund. Sie spürt den Geschmack von Tabak auf der Zunge. Die Finger eines Rauchers. Finger, denkt sie. Sie beißt hinein und er zieht die Hand fort.

»Nicht schießen!«, brüllt sie.

In Sekundenschnelle legt er die Hand wieder über ihren Mund, zerrt sie dann rückwärts. Alles um Patty herum schwankt und beginnt sich im Kreis zu drehen. Sie hat das Gefühl, bald wieder mit Iris vereint zu sein, glaubt, sie vor sich zu sehen. Ob sie bereits tot ist? Aber das alles spielt sich nur in ihrem Kopf ab. Bardys zerrt sie weiter mit sich. Sein Griff um ihren Hals ist brutal, seine Schritte sind ruckartig, kraftvoll, gehetzt. Sie wird von ihm mitgezerrt, kann sich selbst nicht bewegen. Manchmal hat sie das Gefühl, gar nicht mehr den Boden zu berühren. Ihr Herz schlägt immer noch schneller. Um sie herum wird alles schwarz, als wäre sie in einen stockfinsteren Tunnel eingetaucht.

»Hier will ich nicht krepieren«, zischt Bardys zwischen den Zähnen hervor.

Seine Angst zu spüren, beruhigt sie seltsamerweise. Sie will ihm versichern, dass Gun_27 nicht auf ihn schießen wird, aber sie bringt kein Wort heraus. Ihre Kehle brennt. Ihre Lungen stehen in Flammen. Wenn er nicht aufhört, sie am Hals zu würgen, wird sie gleich ersticken. Tot. Für immer. Merkwürdigerweise hat sie keine Angst. Das alles ist so rätselhaft und unverständlich.

Sobald sie um die Ecke gebogen sind, zieht Marc Bardys seine Hand von ihrem Mund fort. Sie hustet. Keucht. Er fängt zu rennen an und zieht sie mit sich. Seine Hand umklammert ihre mit einer solchen Kraft, dass ihr davon alles wehtut, bis in die Knochen. Patty will laut dagegen protestieren. Da bemerkt sie, dass von seiner Schulter Blut fließt.

Sie hören Radio Plus, den Sender, mit dem Sie die neuesten Nachrichten miterleben können, als wären Sie vor Ort. Wieder einmal steigt die Spannung und hat zum Zeitpunkt unserer Sendung ihren Höhepunkt erreicht. Kaum ist der Haftentlassene Marc Bardys auf freien Fuß gesetzt, ist sein Schicksal auch schon beinahe besiegelt. Laut unseren Informationen scheint er in einen Hinterhalt gelockt worden zu sein und konnte nur knapp entkommen. Wer steckt dahinter? Warum? Fragen über Fragen. Vielleicht kann sie uns in dieser Sendung ja eine Augenzeugin beantworten, die sich bei uns gemeldet hat. Wir wollen sie Rose nennen.

Das ist nicht Ihr wahrer Name, Rose, denn Sie wünschen, anonym zu bleiben. Können Sie uns erzählen, Rose, was Sie beobachtet haben?

»Also, ich bin am Fenster gestanden und hab eine geraucht. Meine Wohnung ist im siebten Stock und ich guck da auf ein leer stehendes Mietshaus runter. So 'ne Art Treffpunkt für Junkies. Nachts ist da was los, kann ich Ihnen sagen. Das hört gar nicht mehr auf und –«

Rose, ich muss Sie leider unterbrechen, denn Sie entfernen sich vom Thema unserer Sendung. Unser Publikum will gern alles gut nachvollziehen können – wollen Sie uns vielleicht erzählen, was Sie heute Vormittag vom Fenster aus beobachtet haben? Und bitte nur das?

»Es waren drei. Zwei Männer und eine Frau. Sie haben miteinander geredet. Dann hat das Mädchen, also die junge Frau etwas gebrüllt und sich auf einen der beiden Männer gestürzt. In dem Moment ist ein Schuss gefallen. Der kam aus dem Innern des Gebäudes.«

Sind Sie sich da ganz sicher?

»Ja, ich hab dort jemand mit einem Gewehr liegen sehen.«

Gab es einen Verletzten?

»Ja. Der Mann, der dann die Frau mitgenommen hat.«

Glauben Sie, dass es sich dabei um den Haftentlassenen Marc Bardys gehandelt hat?

»Ich hab am Fenster immer meinen Fernstecher dabei. Heißt aber nicht, dass ich bei den Leuten reingucke. Ich bin keine Voyeurin.«

Keine Sorge, Rose. Das hat Ihnen keiner unterstellt.

»Nur damit ich besser sehen kann, was auf der Straße unten los ist. Weil von da oben, aus dem siebten Stock, da erkennt man nicht viel, und ich –«

Rose, ich bitte Sie noch einmal, beschränken Sie sich auf das, was Sie beobachtet haben. Können Sie uns bestätigen, dass es sich bei einem der Männer um Marc Bardys gehandelt hat? Der Mann, der verletzt wurde? Unser Publikum möchte das gerne wissen.

»Ja, da bin ich mir ganz sicher. Also, so was von. Sein Foto ist ja jetzt überall zu sehen. Da brauch ich bloß den Fernseher einzuschalten. Mit der Narbe auf dem Schädel erkennt den jeder.«

Sie haben mir im Vorgespräch erzählt, dass er verletzt ist.

»Ja, der hat eine Kugel in den Oberarm abbekommen. Hat geblutet wie ein Schwein.«

Und danach?

»Danach ist alles ganz schnell gegangen. Ich bin kurz weg, um mein Handy zu holen, weil ich es filmen wollte. Und als ich zurückgekommen bin, sind die beiden schon um die Ecke gebogen und weggerannt.«

Und die Frau, die dabei war? Haben Sie eine Ahnung, wer sie gewesen sein könnte?

»Keine Ahnung. Ein Junkie? Wie er? In dem Viertel hängen ja nur noch Drogensüchtige rum, und die Polizei macht gar nichts, um ...«

Vielen Dank, Rose, für Ihren Bericht!

Diese junge Frau, ist sie auf der Seite von Marc Bardys? Will sie ihm helfen? Gehört sie vielleicht der Untergrundorganisation der Gegner des Gesetzes zur vorzeitigen Haftentlassung an? Den Partisanen, die den Ex-Häftlingen dabei helfen, sich der Volksjustiz zu entziehen? Wenn Sie wie Rose Beobachtungen machen, die mehr Licht in diese Affäre bringen können – RUFEN SIE UNS AN!

13

Tag 5, 14.21 Uhr – Irgendwo in den Bergen

»Wo sind wir?«, fragt Patty.
Während der gesamten Autofahrt musste sie sich hinten im Auto unter einer Decke verstecken. Marc Bardys wollte nicht, dass sie wusste, wohin sie fuhren. Sie waren ungefähr eine Stunde unterwegs, vielleicht auch zwei. Bardys verließ so schnell wie möglich die Stadt und bog auf eine Autobahn ein. Das merkte sie an seiner Fahrweise und an den Geräuschen. Sie spürte, dass Sonne durchs Fenster reinkam. War das die Richtung auf die Berge zu? Später bog er von der Autobahn ab und kurz darauf fuhr er mit dem Auto viele Kurven einen Berg hoch. Ihr wurde dabei so schlecht, dass sie fast brechen musste.

Als sie angekommen sind, fragt sie sich, warum sie auf der Straße, als er seinen Griff lockerte, bei ihm geblieben ist. Warum hat sie nicht einfach versucht davonzurennen? Aber dann hätte sie endgültig seine Spur verloren.

»Wolltest du mich echt umlegen lassen?«, fragt er, während sie auf eine Hütte zugehen. Seine Stimme klingt dabei nicht aggressiv.

Sie folgt ihm.

»Ich hätte gern den Mut gehabt, es selber zu tun«, antwortet sie.

Er dreht sich um, mustert sie von oben bis unten. Die Schmerzen in seiner Schulter müssen ziemlich heftig sein, seine Gesichtszüge sind total verkrampft. Er langt mit der Hand an seine Wunde.

»Lass mich mal sehen«, sagt sie und nähert sich ihm.

Weil er misstrauisch reagiert, fährt sie fort:

»Wo ich arbeite, müssen wir alle einen Erste-Hilfe-Kurs machen.«

Beide wissen sie um die Ironie der Situation. Sie wollte ihn töten. Und jetzt redet sie davon, dass sie seine Wunde versorgen will. Er weiß, er sollte ihr misstrauen. Als Geisel ist sie so etwas wie seine Lebensversicherung. Zugleich wird sie jetzt zu seiner Retterin.

Er lässt zu, dass sie sich ihm nähert. Bleibt wachsam. Kann sofort zurückschlagen, falls sie ihn angreift.

Sie hilft ihm dabei, die Jacke auszuziehen. Sein T-Shirt ist blutgetränkt. Sie schiebt den Ärmel hoch, um die Wunde begutachten zu können.

»Die Kugel ist wieder ausgetreten«, sagt sie. »Aber wenn du nicht bald medizinisch versorgt wirst, kriegst du Probleme.«

Als Antwort zieht er mit schmerzverzerrtem Gesicht den Ärmel wieder runter.

»Warum hast du mich hierhergebracht?«, fragt sie.

Weil er zögert, begreift sie, dass er gehandelt hat, ohne groß darüber nachzudenken. Was jetzt geschehen soll? Weder er noch sie wissen darauf die Antwort.

»Ich wollte deine Schwester nicht umbringen«, sagt er und

geht weiter auf die Hütte zu. »Ich wollte ihr nur das Handy klauen. Aber ich bin dabei aus Versehen gegen ein Rad ihres Rollstuhls gestoßen und er ist umgekippt. Ihr Kopf ist gegen die Bordsteinkante geschlagen. Hätte auch meiner sein können.« Bilder des umgestürzten Rollstuhls von Iris, des sich in der Luft drehenden Rads, tauchen vor Patty auf. Für den Bruchteil einer Sekunde sieht sie Marc Bardys tot daliegen, ihre eigene Hand noch in der Luft schweben, nachdem sie ihm mit der Handkante einen Schlag auf die Halswirbelsäule versetzt hat. Ein Schauder läuft ihr den Rücken hinunter. Gleichzeitig spürt sie, wie sie eine unglaubliche Wärme durchströmt, so stark, dass sie fast ohnmächtig wird.

Als Marc Bardys sich umdreht, ist sein Gesicht ernst und traurig.

»Wie heißt du denn?«, fragt er.

»Patty.«

»Ich bin Marc«, sagt er, als wüsste sie nicht, wer er ist.

Seit drei Jahren lebt sie mit dem Gedanken an Rache. Dieser Gedanke beherrscht ihr Leben. Und jetzt, in diesem Augenblick, verwandelt sich der Mensch, der in ihren Augen das absolute Böse verkörpert, in ein menschliches Wesen. Das verwirrt sie. Es ist höchste Zeit, die Wut, die sie die ganze Zeit in sich abgekapselt hat, endlich rauszulassen.

»Du bist ein totales Arschloch, Marc! Ein Monster! Ein Wichser und Hurensohn! Du verdienst es nicht, zu leben! Iris war meine Schwester. Sie war immer freundlich zu allen. Sie war unschuldig. Sie wollte nur leben. Und du, du stehst jetzt hier, du lebst, du bist frei. Das ist so ungerecht!«

Er schaut sie an, wendet den Blick ab.

»Ich hab keine Ahnung, wie ich damit leben soll.«

»Damit? Womit?«

»Mit dem Tod deiner Schwester. Ich bin kein brutaler Typ. Ich war ein Junkie, total abhängig. Im Gefängnis hab ich einen Entzug gemacht. Ich hab mich verändert.«

»Es ist mir scheißegal, ob du dich verändert hast. Davon kehrt Iris nicht zurück. Sie wird nie mehr zurückkehren. Nie mehr!« Die Tränen strömen ihr übers Gesicht. Ihre Hände fangen zu zittern an. Ihr Mund ist so trocken, dass sie kein Wort mehr rausbringt. Trauer und Kummer überwältigen sie. Schluchzend fällt sie auf die Knie und vergräbt ihr Gesicht in den Händen. Marc nähert sich ihr. Sie zuckt zusammen, als er ihr eine Hand auf die Schulter legt. Hat er auch diesen elektrischen Funken verspürt?

»Du hast alles Recht, total wütend auf mich zu sein«, sagt er. »Wenn jemand meinen Bruder oder meine Schwester umgebracht hätte, hätte ich nicht lange rumdiskutiert, sondern ihn gleich erschossen.«

Patty richtet sich auf. Vielleicht hätte sie genau das tun sollen. Nur auf ihre Wut hören. Und handeln. Aber das hätte ihr nicht genügt. Kugeln können die Worte nicht ersetzen.

Sie fühlt sich wie gelähmt. Unfähig zu egal welchem Handeln. »Hast du Brüder? Oder Schwestern?«, fragt sie.

Wortlos dreht er sich um und geht.

»Was willst du jetzt tun?«, ruft sie, während er die Hütte betritt.

Sie sollte jetzt aufstehen, fortrennen, sich ein paar Stunden lang irgendwo verstecken, so lange, bis sie sich sicher ist, dass er sie nicht verfolgt. Dann jemanden suchen, der sie nach Hause fährt. Seinen Aufenthalt durchgeben. Doch irgendetwas hält sie zurück, ohne dass sie sagen könnte, was.

Sie steht auf und betritt ebenfalls die Hütte. Marc sitzt auf einem alten eisernen Bettgestell, Rücken und Kopf an die grob gezimmerte Wand gelehnt. Er hält seine Schulter. Der Schmerz scheint noch stärker geworden zu sein. Sein Gesicht ist noch verkrampfter als vorher.

»Du musst zu einem Arzt.«

»Damit er mich rausschmeißt? Irgendwelche Freunde oder Kollegen anruft, die Jäger sind?«

»Um dich zu behandeln. Die Wunde muss desinfiziert werden. Und du brauchst auch Tabletten gegen die Schmerzen.«

»Damit ich dann medizinisch bestens versorgt abgeknallt werde?« Marc lacht bitter auf.

Patty setzt sich auf einen halb zerbrochenen Stuhl.

»Was willst du jetzt tun?«, fragt sie noch einmal.

»Ich sitze in der Falle. Und bald wird dieses Scheißteil ...« Er zieht sein Hosenbein ein Stück hoch, bis seine elektronische Fußfessel zu sehen ist. »... der ganzen Welt melden, wo ich mich aufhalte.«

Patty sieht ihn fragend an.

»Als ob es nicht ausreichen würde, dass ich Freiwild für alle Jäger bin ... Sie haben mir auch noch dieses Teil umgelegt, das jeden Tag pünktlich um 19 Uhr meinen Standort meldet. Wenn das Ziel sowieso ist, dass ich verrecke, warum haben sie mir dann nicht gleich eine Kugel in den Kopf geschossen? Noch im Gefängnis? Bumm!«

Was Marc Bardys da sagt, lässt Patty zusammenzucken. Genauso wie sie jedes Mal zusammenzuckte, wenn im Sportschützenclub neben ihr ein Schuss knallte. Sie muss an Jane denken. Wo sie wohl ist? Bestimmt macht sie sich um sie Sorgen. Vielleicht hat sie auch in den sozialen Medien gepostet, dass sie verschwunden ist. Geschrieben, dass Bardys sie als Geisel genommen hat. Patty wird plötzlich klar, dass sich andere Menschen sicherlich Sorgen um sie machen. Zuallererst natürlich ihre Eltern.

»Ich brauche mein Handy. Meine Eltern sterben sicher vor Angst. Ich muss sie unbedingt beruhigen.«

Marc reagiert nicht.

»Wenn die Leute glauben, dass du mich entführt hast, werden sie alle hinter dir her sein. Lass mich Ihnen eine Nachricht schreiben, damit sie sich keine Sorgen machen.«

Wieder reagiert Marc nicht auf ihre Bitte. Er hat die Stirn in Falten gelegt und scheint endlos irgendwelche Gedanken wiederzukäuen.

»Es gibt doch sicher jemand, der dir hilft, oder? Vielleicht der Typ, der mich zu dir geführt hat? Mit dem du verabredet warst?«

Marc hebt den Kopf, zuckt mit den Schultern.

»Das war eine Falle.«

»Was hat er gegen dich?«

Patty spürt, dass Marc sich zu öffnen beginnt. Sie nähern sich vorsichtig einander an. Sie möchte nicht, dass dieses Band abreißt.

»Nicht *er*, sondern *sie*. Das sind Typen, die einen kleinen Dealerring aufgebaut haben. Und im Netz mit irgendwelchen Betrügereien Geld machen. Das im Netz ist eher die Sache von Greg.«

Seraph heißt also Greg, denkt Patty.

»Ich habe eine Info, an die sie gerne rankommen würden. Ich weiß, wer der Typ war, der einen ihrer Drogendeals hat auffliegen lassen. Sie haben mir Geld versprochen, wenn ich ihnen den Namen nenne. Die Übergabe sollte in dem Haus sein. Aber ich war misstrauisch. Die rücken nicht so leicht für irgendwas mit Kohle raus. Hat sich ja auch rausgestellt, dass sie einen ganz anderen Plan hatten.«

»Einen ganz anderen Plan? Welchen denn?«

»Hast du doch gehört. Mich entführen, mich foltern, um mir den Namen abzupressen. Und mich dann abknallen.«

»Warum bist du dann hingegangen?«

Marc lächelt bitter.

»Weil es niemand gibt, an den ich mich hätte wenden können. Wer hilft mir denn dabei, zu überleben? Keiner. Wie viele Stunden schaffe ich es denn allein? Ich habe mich einwickeln lassen. Wie der letzte Idiot. Obwohl ich es besser wusste.«

»Hast du Verwandte? Freunde?«

Marc lächelt wieder dasselbe Lächeln.

»Meine Familie? Die interessiert sich schon lange nicht mehr für mich. Wenn sie sich überhaupt jemals für mich interessiert hat. Wenn du ein Junkie bist, dann hast du keine Freunde, keine Familie mehr.«

Mehrere Minuten verstreichen, ohne dass Patty darauf etwas sagt. Der Faden zwischen ihnen ist so dünn, dass ein einzelnes Wort ihn zerreißen könnte.

Plötzlich greift er nach Pattys Handy, das neben ihm liegt. Er reicht es ihr.

Sie zögert einen Augenblick.

»Ich hab nur dich«, sagt er. »Du bist die Einzige, die mir helfen kann.«

Gun_27 @Patty
Antworte mir, ich mache mir Sorgen.
11:18

Patty @Gun_27
Alles gut. Er hat mir nichts getan.
15:42

Gun_27 @Patty
Wo bist du? Weißt du, wo Bardys ist?
15:42

Patty @Gun_27
Ich ruf dich an, sobald ich wieder zu Hause bin.
Ich weiß nicht mehr so genau, ob ich noch will, dass er stirbt.
15:43

Gun_27 @Patty
????????????????????
15:43

Patty @Gun_27
Ich brauche Zeit, um nachzudenken.
15:44

Gun_27 @Patty
Wie du willst. Um 19 Uhr erfahre ich sowieso, wo er ist. Ist nicht mein Stil, eine Beute, deren Fährte ich einmal aufgenommen habe, einfach entkommen zu lassen.
15:44

Patty @Gun_27
Jane, mach das nicht. Bitte.
15:45

Patty @Gun_27
Jane, antworte mir.
15:52

Patty @Gun_27
Jane, hallo? Geh bitte dran.
Wir müssen miteinander reden. Bitte!
16:06

14

Tag 5, 16.15 Uhr – Rückkehr in die Stadt

Weil Marc sie darum bittet, setzt Patty sich hinters Steuer. Fährt den Waldweg entlang, um danach auf die Landstraße in Richtung Stadt abzubiegen. Sie denkt an ihre Eltern und an Jane. Ihre Eltern haben ihre Begründung, warum sie letzte Nacht nicht nach Hause gekommen ist, ohne Weiteres akzeptiert und keine Fragen gestellt. Jane antwortet auf ihre Textnachrichten nicht mehr und geht bei einem Anruf auch nicht mehr dran. Das beunruhigt sie. Gun_27 ist eine Jägerin. Ihre Jagdleidenschaft löscht alles andere aus.

So kommt es Patty jedenfalls vor. Das lässt sie auf der Hut sein. In regelmäßigen Abständen wirft sie einen Blick in den Rückspiegel, überprüft, ob sie verfolgt werden, und dreht den Kopf weg, wenn ihnen ein anderes Auto entgegenkommt. Sie hat keinen sehr ausgefeilten Plan im Kopf, aber er ist besser als nichts. Sie hat ihrem Chef ein kurzes Treffen in der Villa Zacharias vorgeschlagen, um sich bei ihm zu entschuldigen und die Situation zu klären. Wenn sie bei ihm war, wird sie einen Abstecher in das Schwesternzimmer machen, um dort aus dem Vorratsschrank

Verbandsmaterial und Schmerztabletten für Marc zu besorgen. Und danach? Das weiß sie noch nicht.

»Wie hast du es angestellt, dass die Klicks bei mir plötzlich so in die Höhe geschossen sind?«, fragt Marc auf einmal.

Sie zuckt mit den Schultern.

»Das war Seraph ... äh ... Greg. Er hat ein Video ins Netz gestellt: mein Gesicht in Nahaufnahme gefilmt, Tränen, die mir über die Wangen laufen, dazu Fotos vom aufgeschürften Gesicht meiner Schwester. Das hat gereicht. Danach sind die Klicks durch die Decke gegangen.«

Dass sie sich von Greg benutzt fühlt, erzählt sie Marc nicht. Auch nicht, wie unwohl ihr dabei ist, die Stimmabgabe mit gefakten Fotos manipuliert zu haben.

Sie nähern sich der Stadt. Patty spürt, wie ihre Anspannung wächst. Ihre Unsicherheit nimmt zu. Was macht sie eigentlich hier in dem Auto? Neben dem Mörder ihrer Schwester?

Um sie herum wird der Verkehr immer dichter. Die Gedanken in Pattys Kopf werden immer wirrer und vernebelter. Zugleich kommen ihr die Fußgänger, die in den Straßen unterwegs sind, immer glücklicher vor. Sie leben ihr normales Leben, sind unterwegs nach Hause, freuen sich auf den Abend.

Als vor ihnen die Ampel auf Rot schaltet, überlegt sie, ob sie aussteigen und zu Fuß weitergehen soll. Allein. Um wieder einen klaren Kopf zu kriegen. Das alles hier einfach zu beenden. Sie hat mit Marc reden können. Was will sie eigentlich noch mehr? Die Vorstellung, ihn zu töten, ist für sie unerträglich geworden. Etwas Undenkbares. Körperkontakt und ein paar vertrauliche Bemerkungen haben dafür ausgereicht. Patty muss an eine wissenschaftliche Studie denken, von der sie einmal gelesen hat. Eine einfache Berührung am Oberarm genügt demnach, damit ein Mensch aufgeschlossener gegenüber den Wünschen eines anderen ist. So erhält in einem Restaurant der Kellner das meiste Trinkgeld, der kurz Körperkontakt mit seinen Gästen herstellt. Bei Meinungsumfragen auf der Straße verdoppelt sich dadurch die Quote derer, die zu einem Interview bereit sind.

»Hallo? Patty? Schläfst du?«

Die Ampel hat auf Grün geschaltet. Hinter Patty hupen die anderen Autofahrer ungeduldig. Sie fährt an, schaltet falsch, würgt den Motor fast ab. Biegt nach links in die Straße ab, die zur Villa Zacharias führt.

»Und wer garantiert mir, dass du mich nicht vergiftest? Oder mir ein Schlafmittel verabreichst, damit du mich danach seelenruhig umbringen kannst?«

»Um dich sterben zu lassen, brauche ich überhaupt nichts zu tun. Abwarten reicht. Die Infektion der Wunde wirkt sicherer als jedes Gift.«

Er blickt sie von der Seite an. Will einschätzen, wie ernst sie das meint. Patty lässt ihn schmoren. Was macht sie da? Ist sie nicht gerade dabei, ihre Schwester zu verraten? In ihrem Kopf herrscht nur noch Nebel.

Als sie das Auto ungefähr hundert Meter vom Eingang der Villa Zacharias entfernt parkt, ist es 17.05 Uhr. Sie hat über eine Stunde Zeit. Zuerst das Gespräch mit ihrem Chef und dann der Abstecher ins Schwesternzimmer. Irgendwas für Marc wird sie dort schon auftreiben. Spätestens um 18.30 Uhr ist sie wieder am Auto. Dann haben sie noch dreißig Minuten, um es ans andere Ende der Stadt zu schaffen. Und sobald die elektronische Fußfessel Marcs Standort übermittelt hat, sofort wieder raus in die Hütte.

Patty sieht bereits vor sich, wie sich Gun_27 zum Ort, den die Fußfessel meldet, aufmacht. Zusammen mit vielen, vielen anderen Jägerinnen und Jägern, die es auf Marc Bardys abgesehen haben. Blut sehen wollen.

Durch das Gittertor betritt sie das weitläufige Gelände und geht durch den um diese Stunde menschenleeren Park. Die Kinder und Jugendlichen sind jetzt alle auf ihren Zimmern, und die Krankenschwester dreht ihre Runde, um sich vor dem Abendessen, wo nötig, um Behandlungen und Medikamente zu kümmern. Patty geht direkt in den Verwaltungstrakt. Die Assistentin des Leiters telefoniert gerade. Auf Pattys Frage, ob der Chef zu sprechen ist, nickt sie stumm. Patty holt tief Luft, geht dann die letzten Schritte zur Bürotür.

»Herein«, ertönt es von drinnen, nachdem sie angeklopft hat.

Sie öffnet die Tür und bleibt im Türrahmen stehen. Ihr Chef hat etwas grobe Umgangsformen, aber die Jugendlichen mögen ihn alle gern.

»Ah, Patty«, sagt er. »Kommen Sie rein! Was ist los? Ich habe mir Sorgen um Sie gemacht.«

Patty setzt sich ihrem Chef gegenüber, obwohl er sie nicht dazu aufgefordert hat.

»Für mich ist es gerade etwas schwierig«, sagt sie. »Heute Vormittag war die Freilassung des Dreckskerls, der meine Schwester auf dem Gewissen hat. Das wissen Sie ja bestimmt.«

Die Direktheit, mit der sie das sagt, lässt ihren Vorgesetzten auf seinem Schreibtischstuhl herumrutschen. Er streckt den Rücken durch, um sein Unwohlsein zu vertuschen. Patty ist zufrieden. Nur mit einer forschen, direkten Art kann sie bei ihm etwas erreichen. Nur dann springt bei ihm innerlich irgendetwas an. Trotzdem verkrampft sich ihr Magen. Wie wird er reagieren?

»Was wollen Sie jetzt tun?«, fragt er, stützt die Ellenbogen auf den Tisch und reibt sich nervös die Hände.

Patty ist sich noch nicht völlig klar, welche Richtung sie diesem Gespräch geben will. Sie braucht noch etwas Zeit, um es herauszufinden. Will später nichts bereuen.

»Mich damit konfrontieren, gleichzeitig ruhig bleiben, abwarten und ...«

Sie beendet den Satz absichtlich nicht.

»Sehr gut«, antwortet ihr Chef. »Sie sollten sich Ihren Gefühlen stellen, aber gleichzeitig die Sache nicht zu nahe an sich heranlassen. Am besten ist es, wenn Sie Ihren Job hier ganz normal weitermachen. Um auf andere Gedanken zu kommen und sich abzulenken. Weiter nicht zur Arbeit zu kommen, wäre meiner Meinung nach keine gute Idee.«

Er hält kurz inne, quasselt dann weiter. Fügt an, dass er aus eigener Erfahrung weiß, wie wichtig es sein kann, in einer solchen Situation einer regelmäßigen beruflichen Tätigkeit nachzugehen. Nach dem plötzlichen Tod seiner Frau habe ihn dies gerettet.

»Arbeiten, arbeiten, arbeiten. Um nicht ständig über das Unglück nachzugrübeln, das einen getroffen hat.«

Er redet weiter, wird weitschweifig, erzählt von sich selbst und seinen Lebenserfahrungen. Patty schaut heimlich auf ihr Handy. 17.35 Uhr. Sie hatte gehofft, das mit ihrem Chef schnell hinter sich zu bringen. Aber das Gespräch zieht sich endlos in die Länge. Es muss etwas geschehen. Sie hält den Atem an, blickt starr vor sich hin, schwankt unmerklich mit dem Oberkörper.

»Patty, geht es Ihnen nicht gut?«

Als sie damit nicht aufhört, ruft ihr Chef seine Assistentin. Sie bringt ihr ein Glas Wasser. Patty trinkt langsam, in kleinen

Schlucken, schließt die Augen. Simuliert weiter, dass sie gleich zusammenklappen könnte.

»Patty, wollen Sie, dass ich einen Arzt rufe?«

Sie öffnet die Augen, lächelt erschöpft.

»Nicht so schlimm. Ich werde mich zu Hause gleich hinlegen.«

»Nein«, entgegnet er. »In diesem Zustand kann ich Sie unmöglich nach Hause lassen.«

»Sie haben recht. Vielleicht ist es besser, ich gehe erst mal ins Schwesternzimmer. Dort können Sie mir bestimmt was geben. Und danach rufe ich meine Mutter an, dass sie mich abholt.«

»Soll meine Assistentin Sie begleiten?«

»Nein, vielen Dank. Es geht mir schon etwas besser.«

»Gut, sehr gut«, sagt er. »Gehen Sie zum Schwesternzimmer. Ich rufe die Krankenschwester an, damit Sie Bescheid weiß und kommt.«

Kaum ist Patty draußen auf dem Gang, fängt sie zu rennen an. Das Schwesternzimmer ist im zweiten Stock. Sie muss vor der Krankenschwester oben ankommen. Die wird in drei Minuten dort sein, so lange dauert es von den Zimmern der Jugendlichen dorthin. Es gilt, keine Zeit verlieren. Patty stürmt die Treppe hoch, nimmt immer zwei Stufen auf einmal, hofft, niemandem zu begegnen. Endlich hat sie das Schwesternzimmer erreicht. Sie bleibt eine Sekunde reglos stehen. Lauscht. Niemand scheint da zu sein.

Patty öffnet die Tür einen Spalt, lauscht wieder, betritt das Zimmer, schließt die Tür hinter sich. Der Medikamentenschrank befindet sich in einer Wandnische hinter dem Schreibtisch. Erst als Patty davorsteht, fällt ihr das Vorhängeschloss auf. Sie ist eine solche Idiotin! Wie konnte sie nur glauben, dass die

Schmerzmittel frei zugänglich wären? Patty durchsucht den Schreibtisch, zieht alle Schubladen auf, behält dabei immer die Tür im Auge. Sie wird hektisch. Wenn sie das jetzt nicht hinkriegt, entwischt ihr Marc Bardys, und ihre Arbeitsstelle verliert sie wahrscheinlich auch. Sie kriegt sich wieder ein, versucht sich ganz auf den Moment zu konzentrieren. Hebt jede Aktenmappe hoch, tastet in allen Winkeln der Schubladen. Versucht, nicht daran zu denken, was sie der Krankenschwester erzählen soll, falls die sie dabei ertappt, wie sie den Schreibtisch durchsucht. Plötzlich fällt ihr ein Mantel auf, der an der Tür an einem Haken hängt. Sie fährt mit den Händen in die Außentaschen. Nichts. Als sie den Mantel zurückbaumeln lässt, hört sie ein Schlüsselklappern. Sie tastet den Stoff ab, erspürt in einer Innentasche einen Schlüsselbund, zieht ihn mit zitternden Fingern heraus. Er enthält ein Dutzend Schlüssel unterschiedlicher Größe und Machart. Zurück am Medikamentenschrank, mustert Patty die Schlüssel genauer, probiert die ersten aus, die ihr zu dem Schloss zu passen scheinen. Kein Erfolg. Wie viel Zeit ist inzwischen vergangen? Seit sie das Büro des Direktors verlassen hat? Panik erfasst sie. Ihre Hände zittern. Nervös versucht sie einen anderen Schlüssel in das Vorhängeschloss zu stecken. Scheitert mehrmals. *Iris, bitte steh mir bei!*, murmelt sie. *Hilf mir!* Ihre Bewegungen werden langsamer. Sie probiert die übrigen Schlüssel des Schlüsselbunds aus. Endlich springt das Vorhängeschloss auf. Sofort ordnet sich in ihrem Gehirn alles wieder. Kompressionsbinde, Desinfektionsspray, Schmerzmittel, Antibiotikum. Das alles braucht sie. Antibiotikum findet sie nicht als Tablette, sondern nur als Flüssigkeit. Also vervollständigt Patty ihre Liste. Sie braucht jetzt noch Spritzen und Nadeln. Alles wandert aus dem Schrank direkt in ihre Jackentaschen. Als sie im Flur Schritte hört, hat sie gerade noch Zeit, den Medikamentenschrank wieder mit dem Vorhängeschloss zu verschließen und zur Tür zu stürzen, um den Schlüsselbund zurück in den Mantel zu stecken. Die Tür wird aufgestoßen und trifft Patty an der Schulter. Die Krankenschwester blickt verwirrt.

»Ich ... ich wollte nach dir suchen«, sagt Patty.

Sie muss in diesem Moment gar nicht so tun, als brächte sie nur mit Mühe die Worte heraus. Die Angst, erwischt zu werden, hat in ihrem Kopf und Körper ein solches Chaos verursacht, dass sie nur noch stammeln kann. Ihr Kopf ist knallrot. Schweiß läuft ihr übers Gesicht.

»Komm und setz dich«, befiehlt ihr die Krankenschwester und nimmt sie am Arm. »Was ist los?«

»Ich habe seit heute Morgen nichts gegessen.«

Die Krankenschwester misst bei Patty den Blutdruck und den Puls, leuchtet ihr in die Augen, legt ihr die Hand auf die Stirn.

»Nichts Schlimmes«, stellt sie fest. »Übelkeit aufgrund einer leichten Hypoglykämie.«

Sie reicht ihr ein Stück Zucker.

»Hier, das wird dir guttun. Der Chef hat mir das von deiner Schwester und dem Typ, der sie auf dem Gewissen hat, erzählt. Du musst dich erholen. Nimm dir dafür eine Auszeit. So lange, wie du brauchst. Hör nicht auf ihn, wenn er dir sagt, dass nichts hilft außer *arbeiten, arbeiten, arbeiten*.«

Ryan

Marc Bardys ist jetzt aus dem Gefängnis draußen. Man hat auf ihn geschossen. Er ist verletzt. Bald wird sein Standort übermittelt. Ich fühle mich wie gelähmt, erstarrt. Unter Schock. Ich krieg nicht aus dem Kopf, dass es mein Klick war. Mein Klick hat dazu geführt, dass Marc Bardys aus dem Gefängnis gekommen ist. MEINE Stimme. Ich habe als Dreimillionster für ihn gestimmt!

Ich würde so gerne die Zeit zurückdrehen, seinen Namen nicht anklicken, die Aufforderung der App Guilty ignorieren, mir das Video des verzweifelten Mädchens nicht ansehen.

Ich bin jetzt für immer derjenige, der mit seinem Klick bei Marc Bardys die Schwelle von drei Millionen geknackt hat!

Warum muss man sich dauernd zwischen zwei Polen entscheiden?
Ja – Nein.
Dafür – Dagegen.
Ich liebe dich – Ich liebe dich nicht.
Lässt sich das Leben so zusammenfassen? Nein, natürlich nicht. Alles ist immer viel komplizierter. Trotzdem verkauft man es uns immer so, verlangt man das ständig von uns, erzählt man uns Geschichten, die so ablaufen. Ja – Nein. Und dann handeln wir auch so.

Abstufungen dazwischen? Gibt es nicht mehr. Nirgendwo. Es gibt nur noch zwei Möglichkeiten, zwei Antworten, zwei Positionen. Sogar wenn es um das Schicksal eines Menschen geht. Entweder Leben oder Tod.

Ich wäre gern mutig gewesen. So mutig, zu sagen, dass ich nicht weiß, ob ich dafür oder dagegen bin. Ohne mich davor zu fürchten, für einen Feigling gehalten zu werden. Oder für jemand, der sich nicht entscheiden kann.

Bald ist es 19 Uhr. Ich starre wie gebannt auf die Anzeige der App.

Marc BARDYS
Tätlicher Angriff mit Todesfolge auf eine vulnerable Person
20 Jahre
Gefährlichkeit: 3/10
Puls: XXX
Keine Daten verfügbar
Emotionaler Stabilitätsindex X/10
Keine Daten verfügbar

Nächste Übermittlung des Standorts in:
0 Stunden 9 Minuten 42 Sekunden

Nicht einmal mehr 10 Minuten. Ich habe das Gefühl, dass ich derjenige bin, der bald mit einem Kreuz auf der Karte markiert wird.

15

```
Tag 5, 18.51 Uhr - Vor der Villa Zacharias
```

»Wo warst du so lang?«, fährt Marc sie an, als sie ins Auto steigt.
»Und die Autoschlüssel hast du auch mitgenommen!«

Patty sagt darauf nichts, schon gar nicht die aufmunternden Sätze, die sie ihm hatte sagen wollen. Sie schaut ihn nur an und wirft ihm Kompressionsbinde, Desinfektionsspray, Schmerzmittel, Antibiotikum und Spritze hin.

Jetzt entschuldigt er sich fast.

»Ich bin hier im Auto wahnsinnig geworden. Mit dieser Scheißfußfessel, die gleich meldet, wo ich mich aufhalte. Wir haben nicht mal mehr zehn Minuten.«

Patty lässt den Motor an. Der Abstecher in die Villa Zacharias hat viel mehr Zeit gekostet als gedacht. Sie schaltet in den ersten Gang, fährt los, gibt Gas. Ein Wettlauf gegen die Zeit. Um 19 Uhr müssen sie an einer Stelle in der Stadt sein, die keine Schlussfolgerungen erlaubt. Es darf keinen Hinweis auf eine Verbindung zwischen ihr und Marc geben. Und auch zur Hütte, Marcs Unterschlupf, darf keine Spur führen.

Patty wirft einen Blick auf die Uhr am Armaturenbrett.

18.53 Uhr.
Um diese Zeit herrscht immer dichter Verkehr. Da kann sie nicht Vollgas geben, um die ideale Stelle für die Standortübermittlung zu erreichen. Und jetzt? In ihrem Kopf rattert es. Keine der Möglichkeiten, die ihr einfallen, ist wirklich gut. Aber sie lässt sich nichts anmerken. Wer weiß, wie Marc reagiert, wenn sie ihm ihre Ohnmacht und Hilflosigkeit eingesteht.

Die Sekunden rasen. Marc rutscht tief in den Beifahrersitz und beugt sich vor, um von niemandem erkannt zu werden.

Der Verkehr stockt. Stau. Ein Bus hält kurz vor einer Kreuzung an einer Haltestelle. Es gibt kein Vorbeikommen. Patty versucht vergeblich, die Spur zu wechseln. In fünf Minuten meldet die Fußfessel den Standort und die übrigen Daten. Liefert Marc seinen Verfolgern aus. Einen Augenblick sieht sie ihre gemeinsame verzweifelte Flucht vor sich. Wie sie aussteigen und zwischen den Autos davonrennen. Die verblüfften Gesichter der Autofahrer hinter den Scheiben. Oder ihre versteinerten Mienen. Wie manche blitzschnell zum Handy greifen. Andere laut hupen. Das Video von dem Lynchmord, das Seraph ihr gezeigt hat, fällt ihr ein. Hände, die zwei Beine umklammern, den Fliehenden nach unten zerren. Sein vergeblicher Kampf. Wie er um sich tritt und schlägt. Der Tod, der über allem schwebt. Allzeit bereit.

Warum hat sie sich auf all das eingelassen?

Am liebsten würde Patty sich in ihre Erinnerungen an Iris flüchten. Darin Geborgenheit finden. Eine Sekunde lang bemüht sie sich, an nichts zu denken. Aber Iris ist nicht da. Wieder quälen sie Selbstvorwürfe. Warum hat sie Marc Bardys nicht ein Messer unter die Kehle gehalten und ihn von sich gestoßen? Bevor sie wieder in das Auto eingestiegen ist und sich ans Lenkrad

gesetzt hat. Und danach hätte sie es sich leicht machen können. Einfach nicht mehr in die Hütte zurückkehren. Die Wundinfektion langsam, aber sicher ihr Werk tun lassen, bis er daran gestorben wäre. Oder Gun_27 eine Nachricht schicken. Seinen Aufenthaltsort in den sozialen Medien posten.
18.57 Uhr.

Da reißt sie plötzlich das Lenkrad herum und gibt Gas, fährt erst hoch auf den Bürgersteig und dann quer über den Rasen vor einem Einfamilienhaus. Die Hinterräder drehen im feuchten Gras fast durch. Sie umklammert das Lenkrad noch fester, denn es fällt ihr schwer, das Auto in der Spur zu halten. Kurz darauf ist sie in einer Seitenstraße. Ein Mann taucht auf. Bestimmt der Eigentümer von Haus und Grundstück. Er rennt auf die Straße, um ihr den Weg zu versperren. Patty lässt sich davon nicht beeindrucken, sie hupt, so laut sie kann. Nicht abbremsen. Er bleibt mitten auf der Straße stehen. Rührt sich nicht. Alles scheint wie in Zeitlupe zu geschehen. Sie kann die Wut in seinen Augen sehen, dann die wachsende Angst. Gut so, denkt sie. In derselben Sekunde macht der Mann mit einem Aufschrei einen Sprung zur Seite. Sie tritt aufs Gaspedal.

Bevor Patty an der nächsten Straßenecke abbiegt, wirft sie einen Blick in den Rückspiegel. Der Mann ist wieder aufgestanden und fuchtelt vor zwei weiteren Autos herum, die ihr hinterhergefahren sind.

Patty spürt, wie Marc sie von der Seite anschaut.

»Holla«, meint er. Es klingt belustigt, fast bewundernd.

Der Ausruf nervt Patty unendlich.

»In zwei Minuten wissen alle, wo du bist!«, brüllt sie ihn an.

Das wirkt sofort. Sie spürt, wie er zusammenzuckt. Steif und verkrampft sitzt er neben ihr. Ihr selbst bricht der Schweiß aus.

Sie wird nervös und fahrig. Ein, zwei Mal stößt sie sie mit dem Reifen an den Bordstein.

Am Ende der Straße biegt Patty nach links ab, dann nach rechts und noch einmal nach links. Sie kennt sich in diesem Wohnviertel mit lauter Einfamilienhäusern nicht aus. Versucht, sich zu orientieren. Aber alles sieht gleich aus. Patty fährt aufs Geratewohl weiter. Da begreift sie es plötzlich als Chance. Wenn als Standort dieses Straßengewirr hier durchgegeben wird, ist das nicht schlecht. Nur muss sie schleunigst wissen, wie sie da in einer Minute wieder herausfindet. 18.59 Uhr. Patty schlägt frustriert mit der Faust aufs Lenkrad. Es handelt sich wirklich um ein Labyrinth vollkommen gleich aussehender Straßen. Sie hat das Gefühl, mehrmals an derselben Stelle vorbeigefahren zu sein. Aber nicht einmal da ist sie sich sicher.

»Da vorn!«, brüllt Marc und deutet auf einen Punkt.

Patty gibt Gas und rast, so schnell sie kann, in die Richtung, in die er zeigt. Einen Moment später sind sie auf einer Brücke, die über ein Bahngleis führt. Auf der anderen Seite befindet sich eine breite Ausfallstraße, auf die sie einbiegt. Es ist kurz nach 19.00 Uhr.

Im Auto ist es still. Sie fahren ruhig dahin. Patty und Marc sitzen schweigend nebeneinander. Patty empfindet es als wohltuend. Endlich kann sie aufatmen. Jeder Kilometer entfernt sie weiter von ihren möglichen Verfolgern. Ob Gun_27 bereits unterwegs zu der Stelle ist, die als Marcs Standort durchgegeben wurde? Patty würde Jane gern anrufen, mit ihr reden, sie um Rat fragen, sich mit ihr streiten oder sie irgendwie zur Vernunft bringen.

Im Schutz der einfallenden Dämmerung verlassen sie die Stadt. Sie kehren zur Hütte zurück. Patty ist stinksauer auf Marc.

Warum ist er nicht einfach ein Schlägertyp und erbärmlicher kleiner Dieb, den der Tod ihre Schwester überhaupt nicht kümmert? Dann wäre es für sie leichter, dann würde sie ihn wahrscheinlich immer noch umbringen wollen. Sie ist auch wütend auf sich selbst. Dass sie sich in diese Situation gebracht hat. In ihr bohrt die Frage nach dem Warum. Sie wollte ihn töten. Sie hätte gute Gründe dafür. Und jetzt rettet sie ihn. Warum? Warum? Warum?

»He, fahr langsamer! Willst du, dass wir im Straßengraben landen?«

Patty reagiert darauf nicht. Vielleicht ist das ja die Lösung ... eine gefährliche Kurve, viel zu schnell gefahren. Und hopp! Ende der Geschichte. An Kurven mangelt es jedenfalls nicht, auch nicht an Bäumen, gegen die man crashen kann. Da hat sie hier die Qual der Wahl. Sie denkt an Iris, an ihr Lächeln, das ihr immer so viel Kraft gegeben hat. Wenn sie früher am Leben verzweifelte. Wenn sie nirgendwo einen Ausweg sah. Ihr Lächeln, das ihr dabei half, ihre eigenen Probleme zu relativieren. Sie klammert sich an das Lächeln ihrer Schwester. An das Bild, wie ihre schmalen Lippen sich leicht öffnen, zu einem Lächeln, das zugleich sanft und fröhlich ist. Widersprüchliche Gefühle packen sie, schütteln sie, wühlen sie bis ins Innerste auf. An ihr zieht alles vorbei, was ihr Leben bisher ausgemacht hat. Was sie hinter sich zurücklässt. Nichts, was groß zählt. Wichtig ist, wieder mit Iris vereint zu sein. Aber dann fallen ihr ihre Eltern ein und sie bremst abrupt ab. Das kann sie ihnen nicht antun.

Patty fährt langsam weiter. Marc sieht sie an.

»Gleich hinter der nächsten Kurve musst du abbiegen«, sagt er.

Es geht noch eine Weile über den Waldweg, dann hält Patty an und stellt den Motor ab.

»Und was soll damit jetzt passieren?« Marc klaubt die Utensilien für die Wundversorgung zusammen.

»Gibt es in der Hütte Licht?«

Er schüttelt den Kopf. Da stellt sie das Innenlicht des Autos an.

Sie dreht sich zu Marc, um die Wunde an seinem Oberarm genauer zu untersuchen. Die Haut rings um das Einschussloch ist geschwollen und hat ein leuchtendes Rot angenommen. Als Patty die Stelle mit der Fingerspitze berührt, stöhnt Marc auf.

»Die Wunde hat sich infiziert«, sagt sie.

Er mustert sie fragend. Sie weiß nicht, was sie darauf sagen soll. Patty desinfiziert sich die Hände, schraubt das Plastikfläschchen auf, reißt die Verpackung der Spritze auf.

»Was ist das?«

»Ein Antibiotikum.«

»Du willst mir eine Spritze geben?«, fragt er misstrauisch und ängstlich.

»Nur ein paar kleine Pikse. Nicht schlimmer, als wenn du dir Heroin gespritzt hast.«

»Ich wollte sie nicht umbringen«, sagt er.

Patty antwortet darauf nichts, konzentriert sich auf die Spritze und die Flüssigkeit, die sie durch die Nadel hochzieht. Sie achtet darauf, dass keine Luftbläschen hineingeraten.

»Jetzt beiß die Zähne zusammen.«

Marc schließt die Augen, als wäre er ein kleiner Junge. Ihn jetzt zu töten, wäre echt ein Kinderspiel, denkt Patty. Er wirkt auf sie verletzlich ... Ist er nicht auch eine vulnerable Person?

Patty macht alles genauso wie der Arzt, der in der Villa mal einen ihrer Jungen mit einer Wunde im Oberschenkel versorgt hat. War beim Klettern über den Zaun passiert. Im Abstand von einem Zentimeter spritzt sie entlang der Wunde das Antibiotikum. Bei jedem Piks zuckt Marc zusammen. Als sie fertig ist, desinfiziert sie die Wunde noch einmal, macht dann einen Kompressionsverband. Danach stellt sie das Innenlicht wieder aus.

»Dann willst du mich nicht mehr umbringen?«, fragt er.

Sie findet die Frage naiv. Zögert, ob sie es ihm sagen soll.

»Ich werd doch nicht mein Leben für einen Junkie ruinieren«, antwortet sie.

Einen Junkie, der sich wie ein kleiner Junge verhält, denkt sie. So unreif und unerwachsen.

»Ich bin kein Junkie mehr!«, ruft er empört. »Ich hab mich verändert.«

Sie schaut ihn an.

»Ich schwör, ich hab mich wirklich verändert!«

»Und jetzt? Was willst du jetzt machen?«

Weil er nicht antwortet, fährt sie fort:

»Morgen musst du einen anderen Ort finden, von dem deine Daten übermittelt werden. Und so wird das immer weitergehen. Jeden Tag um 19.00 Uhr. Immer wieder. Und wieder. Und wieder. Und dazwischen musst du dich ganz schlicht ums Überleben kümmern.«

Marc reagiert nicht.

»Essen, trinken, schlafen, etwas Geld verdienen, an die Zukunft denken, einen Sinn in alldem finden. Und das alles hier auf Dauer aushalten.«

»Ich muss nachdenken«, sagt er.

Marc steigt aus und schlägt die Autotür zu. Verschwindet zwischen den Bäumen. Seinen Schatten vor der Hütte kann Patty in der Dunkelheit nur erahnen.

Die Autoschlüssel hat er nicht mitgenommen. Sie baumeln immer noch am Zündschloss. Das Mondlicht spiegelt sich in ihnen, als würden sie Patty zuzwinkern, wie Komplizen.

Soll sie bleiben? Wegfahren? Morgen wiederkommen? Ihn hier seinem Schicksal überlassen? Mit ihm gemeinsam nach einer Lösung suchen? Ihn seinen Verfolgern ausliefern? Patty ist sich unsicher. Sie weiß nur eins: Sie kann darüber entscheiden, und was sie entscheidet, wird Wirklichkeit werden. Ein Allmachtsgefühl steigt in ihr auf, sie fühlt sich wie berauscht. Sie, Patty, hält das Schicksal von Marc Bardys in ihren Händen. Endlich. Verurteilung oder Freispruch. Leben oder Tod. Sie kann darüber entscheiden. Niemand anders.

Und jetzt?

Das rauschhafte Gefühl verfliegt schnell. Wie eine Mauer baut sich ihr Zögern und ihre Unentschiedenheit vor ihr auf. Sie hätte gern das Tagebuch von Iris bei sich, um dort nach einer Erleuchtung oder zumindest nach einem Rat zu suchen. Gerade streckt sie die Hand aus, um den Motor anzulassen, da vibriert ihr Handy. Sie greift danach. Eine Textnachricht von Gun_27:

> *Die Hyäne lässt sich nur mit List aus ihrem Bau locken.*

Ihr Handy vibriert noch ein paar Mal. Fotos. Von ihr selbst. Unterwegs in der Straße, in der sie wohnt. An der Bushaltestelle. Vor der Villa Zacharias. Zu Hause in ihrem Zimmer auf dem Fensterbrett sitzend.

Patty @Gun_27
Was soll das? Wo hast du die Fotos her?
21:51

Gun_27 @Patty @Seraph_Up
Die Feinde meiner Feinde sind meine Freunde.
21:52

Patty @Gun_27 @Seraph_Up
Versteh nicht, was du meinst.
21:52

Gun_27 @Patty @Seraph_Up
Die Freunde meiner Feinde werden auch meine Feinde.
21:52

Seraph_Up @Patty @Gun_27
Meine neue Freundin Gun_27 möchte, dass du ihr dabei hilfst, Marc Bardys zu finden.
21:52

Patty @Seraph_Up @Gun_27
Deine neue Freundin?
21:52

Seraph_Up @Patty @Gun_27
Die Feinde meiner Feinde sind meine Freunde.
21:53

16

Tag 5, 22.18 Uhr

Patty sitzt endlose Minuten da und starrt vor sich hin. Dann steigt sie aus dem Auto, knallt die Tür zu und stürmt zur Hütte. Stößt wütend die Tür auf. Richtet das Licht ihres Handys auf Marc. Der fährt erschrocken von dem rostigen Bettgestell hoch. Wirkt erleichtert, dass es nur sie ist.

»Rück endlich damit raus, was zwischen dir und Seraph gelaufen ist!«, brüllt sie ihn an.

»Seraph?«

»Ja, dieser Greg!«

»He, halt mal! Was geht dich das an? Misch dich da nicht ein!«

»Und ob mich das was angeht!«

Patty lässt das Handy sinken, sie schauen sich an. Dann hält sie Marc das Display mit den Fotos hin, die sie geschickt bekommen hat. Das unheimliche Gefühl, beobachtet worden zu sein, hat sie nicht getäuscht.

»Was ist das?«, fragt er.

»Das bin ich.«

»Ja, das sehe ich. Und?«

Hinter der zur Schau getragenen Aggressivität und Coolness ist spürbar, wie stark er sich verunsichert fühlt.

»Das sind Fotos, die ohne mein Wissen von mir gemacht wurden!«

Er beugt sich vor, um sie genauer anzuschauen. Patty zeigt sie ihm alle. Eines nach dem andern.

»Ich kapier nicht, wo das Problem ist. Da ist nichts dabei, was dich erpressbar macht. Was hab ich damit zu tun?«

»Dein toller Greg hat mir aufgelauert, ohne dass ich es wusste. Ich hatte ihm nicht gesagt, wo ich wohne. Auch nicht, wo ich arbeite. Und dann hat er die Fotos gemacht. Um Druck auf mich auszuüben!«

»Und deshalb weckst du mich auf?«

»Er will an dich rankommen! Das will er erreichen. Er übt auf mich Druck aus, damit ich dich ihm ausliefere. Und es geht nicht nur um mich. Sondern auch um meine Eltern. Ich will nicht, dass sie irgendwie in Gefahr sind. Er ist zu allem fähig. Sag mir, wer dieser Typ ist! Was will er von dir? Sonst schreibe ich ihm sofort, wo du bist!«

»Okay, okay, jetzt beruhig dich erst mal. Greg ist ein mieser kleiner Zuhälter, der gern überall ein bisschen mitmischt. Betrügereien im Internet, Drogendealerei. Er hat einen Kompagnon. Beide haben das alles nie in so großem Maßstab betrieben, dass sie damit den wirklichen Bossen in die Quere gekommen wären. Zwei, drei Mädchen, die für sie anschaffen gehen, haben sie auch noch. Sie beliefern Freunde, Freunde von Freunden, weiter geht's nicht. Drehen es immer so, dass sie sich selbst die Hände nie schmutzig machen. Benutzen Leute wie mich. Kleine Dienstleistungen gegen etwas Stoff. Kein Geld im Umlauf. Keine Spuren. Sie selbst bleiben sauber.«

»Warum wollen sie dich unbedingt finden?« Patty lässt nicht locker. Angst steigt in ihr auf.

»Puuh ... ich hab nichts anderes gemacht, als die Betrüger zu betrügen. Ist das wirklich schlimm? Ich hab auf eigene Rechnung gedealt. Und damit ihr Business ziemlich aufgemischt.«

»Warum hast du dann dem Treffen heute Vormittag zugestimmt?«

»Ich wollte mit ihnen ein paar Dinge klären. Das hast du dann ja kaputtgemacht.«

»Ich hab was?«, fragt Patty fassungslos und angewidert zurück. Sie glaubt, ihren Ohren nicht zu trauen. Wenn man ihn so hört, gibt es niemals und nirgends ein Problem. Sie beneidet ihn fast um seine Fähigkeit, manche Tatsachen einfach zu ignorieren, deren Bedeutung runterzuspielen, sich vom Leben nicht so schnell unterkriegen zu lassen. Wieder fragt sie sich, was dann der Tod von Iris für ihn war. Ob er ihn auch als unglücklichen Zwischenfall abtut. Sie würde ihm die Frage gern stellen. Jetzt. In diesem Moment. Aber sie weiß, dass sie sich nicht mehr in der Gewalt hätte, falls ihre Zweifel sich bestätigen.

»Das war idiotisch von mir. Du hast ja recht. Aber geschehen ist geschehen. Ich bin nicht mehr derselbe wie vor drei Jahren. Ich habe mich verändert. Du musst mir glauben. Im Gefängnis habe ich jeden Tag zutiefst bedauert, was deiner Schwester passiert ist. Jeden Tag! Ich schwöre, dass ich mich verändert habe. Ich brauche nur jemanden, der mir hilft, dass ich aus der ganzen Scheiße rauskomme.«

Patty leuchtet ihm mit dem Handy ins Gesicht. Sie will wissen, wie ernst er es meint. Marc senkt den Kopf nicht, hält ihrem Blick stand. Während des Prozesses hatte er sich immer unter der Kapuze seines Hoodies versteckt.

»Ich fahr jetzt nach Hause«, sagt sie. Ihr Tonfall macht klar, dass sie eine Entscheidung getroffen hat. »Mit deinem Auto. Morgen Vormittag komme ich wieder. Überleg dir gut, worum du mich dann bitten willst. Ich werde dir nur noch ein Mal helfen. Nur noch ein einziges Mal!«

Sie schluckt die Tränen hinunter, die in ihr aufsteigen. Sie weiß nicht, warum sie das alles sagt ... Dann stürmt sie hinaus, bevor sie zu heulen anfängt.

»Patty, warte! Patty!«

Sie will nichts mehr hören. Sie hat genug von seinen Worten, seinen Sätzen, seinen Entschuldigungen. Sie kann das alles nicht mehr ertragen. Sie hat das Gefühl, ihre eigene Wut nicht mehr im Zaum halten zu können. Das Gefühl des Verrats, das sie nicht verlässt.

Sie rennt zum Auto zurück, steigt ein, lässt den Motor an. Marc stürzt aus der Hütte, winkt ihr hektisch, dass sie auf ihn warten soll. Patty legt den Rückwärtsgang ein, gibt Gas, kurbelt am Lenkrad, um zu wenden. Kurbelt hektisch in die andere Richtung. Der Kies des Waldwegs prasselt gegen das Autoblech. Das Gesicht von Marc taucht vor ihr, neben ihr auf. Er ruft etwas, das sie nicht versteht, weil er gleichzeitig mit den Fäusten auf das Auto einschlägt. Sie gibt Gas. Er klammert sich an den Türgriff und hämmert mit aller Kraft gegen das Fenster. Patty starrt vor sich auf den Weg. Gibt weiter Gas. Dann wird alles ruhig.

Sie hören Radio Plus, den Sender, mit dem Sie die neuesten Nachrichten miterleben können, als wären Sie vor Ort. Heute Abend wollen wir denjenigen eine Stimme geben, die gegen das Gesetz zur vorzeitigen Haftentlassung kämpfen. Wir begrüßen bei uns Helena.

Guten Abend, Helena. Sie gehören zu den Menschen, die der Meinung sind, dass dieses Gesetz wieder abgeschafft werden sollte. Können Sie uns erklären, warum?

»Guten Abend! Bevor ich meine Argumente darlege, möchte ich anmerken, dass Sie den Gegnern des Gesetzes zu sehr später Stunde das Wort erteilen. Es ist fast Mitternacht. Deshalb erreiche ich mit dem, was ich zu sagen habe, keine große Hörerschaft mehr.«

Wir haben zu jeder Tages- und Nachtzeit eine große Hörerschaft, Helena. Auch um diese Stunde hören uns viele zu. Sie haben das Wort. Erläutern Sie uns, warum Sie das Gesetz für falsch halten.

»Bei der Lynchjustiz, wie sie vom Gesetz vorgesehen ist, handelt es sich um nichts anderes als eine Form der Rache. Rache aber ist eine wilde Gerichtsbarkeit, wie der Philosoph Francis Bacon bereits im 16. Jahrhundert geschrieben hat. Oder frei nach den Worten von Robert Badinter, einem der großen Juristen des 20. Jahrhunderts: Unsere Justiz darf keine mehr sein, die tötet! Dieses Gesetz zur vorzeitigen Haftentlassung muss außer Kraft gesetzt werden. Wir müssen endlich begreifen, dass jeder Lynchmörder sich derselben Tat schuldig macht, die er verdammt! Wir brauchen eine gerechte Justiz, eine Gerechtigkeit, die für alle gleich ist!«

Danke, Helena. Wir haben Ihre Argumente gehört. Wir nehmen jetzt einen anderen Hörer hinzu. David, was haben Sie uns zu sagen?

»Mich kotzt das an, mir so was anhören zu müssen. Wenn man wirklich hart durchgreifen will, dann gibt es nur die Todesstrafe. Und außerdem müssen wir an die Opfer denken!«

Helena, wie reagieren Sie auf diese Argumente?

»Die Opfer brauchen unsere Unterstützung und unser Mitgefühl. Verwenden wir unsere Kraft und Energie darauf, ihnen zu helfen, statt uns in Hetzjagden zu stürzen, die auf Gewalt mit noch mehr Gewalt antworten!«

Danke, Helena. Wir haben jetzt einen weiteren Hörer in der Leitung. Ryan. Ryan, was wollen Sie uns sagen?

»Hallo. Ich habe für die Freilassung von Marc Bardys gestimmt. Durch mich ist die Schwelle von drei Millionen abgegebener Stimmen erreicht worden. Damit war Bardys frei.«

Großartig, Ryan! Ich kann mir vorstellen, dass Sie sehr stolz darauf sind.

»Nein. Ich habe meine Stimme abgegeben, ohne wirklich zu wissen, was ich da tue. Inzwischen bedauere ich es. Ich bin der Meinung, man darf über das Schicksal eines Menschen nicht durch eine Masse von Menschen entscheiden lassen, die mit seinem Fall nicht vertraut sind und sich allein von ihren Gefühlen leiten lassen.«

Sie bedauern, dass Sie ihre Stimme für Marc Bardys abgegeben haben? Ist es das, was Sie uns sagen wollen?

»Ja. Ich bedauere es zutiefst. Ich habe seither viel darüber nachgedacht. Ich kann deswegen nicht mehr schlafen. Das ist alles nicht so einfach, wie es scheint. Oder wie manche es behaupten. Es ist eine unglaublich komplizierte Angelegenheit. Man muss damit aufhören. Das Leben ist viel zu wertvoll. Das alles muss aufhören. Bitte, sorgen Sie dafür, dass ...«

Ihre Tränen, mein lieber Ryan, rühren mich sehr. Aber ob Ihre Botschaft auch von all denen vernommen wird, die für die Lynchjustiz sind? Darüber erfahren Sie mehr bei unseren nächsten Diskussionen zu diesem Thema. Hier bei Radio Plus!

Hören Sie Radio Plus, den Sender, mit dem Sie die neuesten Nachrichten miterleben können, als wären Sie vor Ort. Radio Plus – immer am Puls der Zeit!

17

Tag 6, 00.10 Uhr – In der Stadt

Patty stellt den Motor ab. Was sie gerade im Radio gehört hat, hat sie in ihrem Innersten getroffen. Die Tränen des Jungen haben sie selbst in Tränen ausbrechen lassen. Er hat Worte für das gefunden, was sie auch empfindet. Ohne dass sie es sich bisher eingestehen wollte. Es ist eine unglaublich komplizierte Angelegenheit. Man muss mit dem Morden aufhören. Das Leben ist viel zu wertvoll.
Sie lässt die Stirn auf das Lenkrad sinken. Hört auf das, was ihr Gewissen ihr kaum vernehmbar zuflüstert. Spürt, wie in ihrem Innern ein Damm zu bröckeln beginnt – ein Damm, der ihre Wut und Trauer geschützt und konserviert hat. Frisch wie am ersten Tag nach Iris' Tod. Ein Damm, der sie hat glauben lassen, dass die Rache ihren Schmerz betäuben würde. Sie spürt jetzt, dass es nicht für immer so bleiben wird. Aber noch ist es so. Sobald sie an Iris denkt, bricht Wut in mächtigen Wellen über sie herein, und der Wunsch nach Rache reißt alle anderen Gefühle und Gedanken mit sich fort. Sie fühlt sich in diesem Augenblick verloren. Vollkommen verloren.

Langsam hebt sie den Kopf. Um sie herum ist Nacht und Stille. Sie hat in einer Nebenstraße geparkt, nicht vor dem Haus ihrer Eltern. Für den Fall, dass ihr ein Auto gefolgt ist. Sie beobachtet die Umgebung, blickt in den Rückspiegel. Alles ruhig. Patty steigt aus, achtet darauf, keinen Lärm zu machen, als sie die Autotür zuschlägt. In fünf Minuten ist sie in ihrem Bett. Nichts wünscht sie sich mehr. Es war ein langer, anstrengender Tag ... Die Übernachtung bei Jane, der nervöse Aufbruch am Morgen. Die Hektik wegen des früher als geplant stattfindenden Treffens mit Seraph und Marc Bardys. Ihre Begegnung mit ihm. Plötzlich der Schuss von Gun_27. Ihre Geiselnahme, die Flucht, bei der sie sich auf dem Rücksitz verstecken musste. Marcs Wunde. Der Abstecher in die Villa Zacharias. Ihre gemeinsame Irrfahrt im Auto, auf der Flucht, damit an einem neutralen Ort die Standortdaten übermittelt wurden. Ihr Erste-Hilfe-Einsatz, die Desinfektion von Marcs Wunde. Wie sie zur Krankenschwester wurde, um dem Typ, der ihre Schwester auf dem Gewissen hat, das Leben zu retten. Die Drohungen von Gun_27 und Seraph. Die Liste ist lang. Patty schwirrt davon der Kopf.

Auf der schlechter beleuchteten Straßenseite geht sie das letzte Stück bis zu ihren Eltern zu Fuß. Die Luft ist kalt und feucht. Es ist windig. Die einzigen Geräusche, die zu hören sind, kommen von ihr selbst. Von ihren Schritten, bei denen sie die Füße so vorsichtig und leise wie möglich aufsetzt. Sie geht auf Zehenspitzen. Sie wird sich heimlich ins Haus schleichen. Sie hofft, dass ihre Eltern schon im Bett sind. Hat keine Lust, ihnen jetzt über den Weg zu laufen.

Die Stille ringsum legt sich wie eine Decke um sie, die alles erstickt, auf ihr lastet. In Patty wächst die Panik, und sie muss sich zwingen, nicht wie eine Besessene loszurennen. Sie atmet tief ein und aus, zwingt sich zur Ruhe. Jedes Mal tief ausatmen, erst dann neu Luft holen. Sie passt den Atem ihren Schritten an. Vier Schritte lang ausatmen. Vier Schritte lang einatmen. Im Lichtschein einer Lampe sieht Patty eine Fledermaus auf der Jagd nach Insekten vorbeigleiten. Endlich hat sie ihre eigene Straße erreicht. Sie hält an der Straßenecke an, wartet ab, ob sich ringsum irgendetwas bewegt. Beobachtet. Mustert jeden finsteren Winkel, jeden Schatten. Der Wind bläst an der Ecke heftiger, alles wirkt plötzlich in Bewegung, von einem unheimlichen, bedrohlichen Leben erfüllt. Nur noch hundert Meter, dann ist sie zu Hause. Ohne dass sie es merkt, werden ihre Schritte immer schneller. Sie geht jetzt mitten auf der Straße, will die Möglichkeit haben, nach rechts oder links auszuweichen, falls sie angegriffen wird. Richtet den Blick starr geradeaus. Hält sich nicht mehr damit auf, in jedem Schatten nach einer möglichen Bedrohung zu suchen. Endlich tauchen vor ihr die Umrisse von ihrem Haus auf. Aus einer Parallelstraße vernimmt sie das Geräusch eines Motorrollers. Sie dreht sich um. Lauscht. Nichts. Wird sie in Zukunft bei jedem Geräusch zusammenzucken? Diese Vorstellung jagt ihr Angst ein. Sie fühlt sich noch zerbrechlicher und verletzlicher. Patty fängt zu laufen an, wütend und verzweifelt. Zieht ihren Schlüsselbund heraus, damit sie das Gartentor gleich aufsperren kann. Als sie vor dem Haus angelangt ist, braucht sie zwei Versuche, bis sie den Schlüssel endlich ins Schloss gesteckt hat. Dann steht sie im Vorgarten und sperrt mit zwei Umdrehungen hektisch hinter sich ab.

In der stillen vertrauten Umgebung kommt Patty sich plötzlich wie die letzte Idiotin vor. Bevor sie in ihr Zimmer geht, wird sie sich noch in der Küche eine Cola aus dem Kühlschrank holen, vielleicht ein Stück Käse. Dazu einen Apfel. Sie hat auf einmal Hunger bekommen. Sie macht die letzten Schritte bis zur Haustür. Horcht. Von drinnen kommen keine Geräusche. Kein Licht. Ihre Eltern sind schon im Bett. Umso besser. Sie will gerade den Schlüssel ins Schloss stecken, als jemand sie von hinten um den Hals packt. Nach rückwärts zerrt. Eine Hand vor ihrem Mund erstickt ihren Aufschrei. Alles um sie fängt sich zu drehen an. Ihr Blick bleibt an der Straßenlampe hängen, danach nichts mehr. Man packt sie unter den Achseln und schleift sie nach hinten. Ihre Füße streifen erst über Steinplatten, dann über Rasen. Die Ranken der Brombeersträucher verhaken sich im Stoff ihrer Jacke und Hose. Sie wird auf den Boden geworfen. Liegt auf dem Rücken. Will kämpfen, sich wehren. Aber die schwarze Gestalt über ihr wirft sich auf sie und drückt sie auf den Boden, ein Knie auf der Brust, das andere an ihrem Hals. Eine Hand dreht ihr Gesicht zur Seite. Ohr und Wange werden gegen den Rasen gepresst. Riesengroß sieht sie den Stamm des Apfelbaums vor sich, den ihr Vater gepflanzt hat. Sosehr Patty auch mit den Beinen strampelt, sie kann sich nicht rühren, kann sich nicht befreien. Ohnmächtig liegt sie da. Ihr Herz klopft immer schneller. Als sie an der anderen Wange einen Atem spürt, erstarrt sie. In ihr gefriert alles. Die Nähe, die sie da fühlt, lässt sie erschaudern. Warmer Atem streift ihr Ohr.

»*Die Hyäne lässt sich nur mit List aus ihrem Bau locken* ...«

Black_Angel @Seraph_Up
Bist du sicher? Sie hat uns schon mal verarscht.

00:03

Seraph_Up @Black_Angel
Ich hab jemand vor Ort. Die ist ein echter Profi! Drei Haftentlassene gehen auf ihr Konto. Vertrau mir.

00:04

Black_Angel @Seraph_Up
Hast du das letzte Mal auch gesagt, Alter.
Und dann ist das Mädchen mit ihm abgehauen.

00:04

Seraph_Up @Black_Angel
Er schafft's nicht weit. Das Mädchen sitzt in der Falle.
Und was denkst du, wie wird sie sich wohl entscheiden?
Wenn sie zwischen ihren Eltern und diesem verkackten Typ wählen muss, der ihre Schwester umgebracht hat?

00:05

Black_Angel @Seraph_Up
Beeil dich, Alter! Im Netz tummeln sich immer mehr Lynchmörder, die ihm an die Gurgel wollen. Nicht dass ihn noch jemand abknallt, bevor wir ihn haben.

00:06

Seraph_Up @Black_Angel
Du hörst von mir.

00:06

18

```
Tag 6, 2.21 Uhr - Bei Patty
```

Janes Drohungen waren für Patty wie lauter K.-o.-Schläge. So schnell Gun_27 aufgetaucht war, so schnell war sie auch wieder verschwunden. Patty bleibt danach noch eine Weile wie versteinert liegen, an der Stelle, an der die andere sie auf den Boden gepresst hat. Wut und Ekel steigen in ihr auf, Tränen laufen ihr übers Gesicht. Sie weiß nicht, was sie jetzt tun soll. In regelmäßigen Wellen überfällt sie Panik. Alles soll einfach nur noch aufhören, denkt sie. Jetzt. Ein riesiger Blitz soll einschlagen und mein Leben und die Welt um mich herum in Flammen aufgehen lassen. Ich will endlich aufhören zu leiden. Ich will endlich Frieden finden. Schluss mit allem, das wäre das Einfachste …

Als die ersten Regentropfen fallen, steht sie auf. Mit zitternder Hand steckt sie den Schlüssel in die Haustür, hofft, ihre Eltern nicht aufzuwecken. Was sollte sie ihnen dann sagen? Sie geht in ihr Zimmer hoch, wirft sich angezogen aufs Bett. Aus Angst davor, sich selbst im Spiegel ansehen zu müssen, hat sie das Licht nicht angemacht. Was für ein Chaos! Wo ist sie da nur hineingeraten?

Sie denkt an ihren Wunsch, dass ein riesiger Blitz einschlagen und ihr Leben vernichten soll, und ärgert sich über sich selbst, weil sie einen so feigen Gedanken hatte. Puuh, endlich eine Reaktion von mir, denkt sie. Sie ist doch keine, die gleich zusammenbricht, sobald sich ihr etwas in den Weg stellt. Die dann nur noch heult und jammert und klagt. Nein, so ist sie nicht! So war sie noch nie. Auch das gehört zu den Lehren, die sie von ihrer Schwester mitbekommen hat. Iris hat sich durch ihre Beeinträchtigung nie von irgendwas abhalten lassen. »Das kommt nicht infrage«, sagte sie oft. »Niemals!« Die Kraft und Entschlossenheit hat Patty noch gut im Ohr. Immer wenn das Schicksal ihr einen Schlag versetzt, findet sie Kraft und Trost in der Kraft ihrer Schwester.

Als draußen ein Auto vorbeifährt, verwandeln sich die Schatten an der Decke zu einem flüchtigen Tanz. Ihre Bewegung tröstet Patty. Nichts im Leben ist starr und für immer entschieden, denkt sie.

Danke, Iris.

Sie weiß nicht, ob sie das geflüstert oder nur gedacht hat. Auch egal. Patty steht auf, setzt sich an den Schreibtisch und beginnt Sätze auf ein Blatt Papier zu schreiben. Jeder Satz enthält eine Wahrheit.

Marc Bardys hat Iris getötet.
Ich will, dass Marc Bardys für das bezahlt, was er getan hat.
Seraph hat mich benutzt, um Marc Bardys freizubekommen.
Ich habe Jane benutzt. Ich wollte, dass sie für mich Marc Bardys erschießt.
Marc Bardys sagt, dass er den Tod von Iris bedauert, und schwört, dass er sich geändert hat.
Seraph will unbedingt an Marc Bardys rankommen.

Gun_27 ist eine Jägerin. Für sie ist Marc Bardys Freiwild. Sie will die Beute, die ich ihr versprochen habe.
Seraph und Gun_27 haben sich verbündet, um Marc Bardys aufzuspüren.

Der Name von Marc Bardys taucht immer wieder auf. Er ist der Kern des Problems. Um ihn dreht sich alles. Sie hält das Schicksal von Marc Bardys in den Händen. Was sie entscheidet, bestimmt über sein weiteres Leben. Oder über seinen Tod. Seine Zukunft hängt davon ab, wie sie jetzt handelt.

Sie steht auf und schleicht im Dunkeln ins Badezimmer. Dreht den Wasserhahn auf. Hält den Kopf darunter. Trinkt in großen Schlucken das kalte Wasser.

Wenn sie es sich genauer überlegt, hat sie drei Möglichkeiten: Für den sicheren Tod von Marc Bardys zu sorgen, indem sie Gun_27 und Seraph mitteilt, wo er sich aufhält. Das Schicksal seinen Lauf nehmen zu lassen, egal in welche Richtung, und sich dabei nicht mehr einzumischen. Oder zu versuchen, Marc Bardys vor seinen Verfolgern zu retten.

Patty geht in ihr Zimmer zurück und schiebt den Vorhang einen Spalt zur Seite, um auf die Straße zu spähen. Liegen Gun_27, Seraph oder einer seiner Komplizen da draußen auf der Lauer? Wird sie überwacht? Die Straßenlampe wirft ein schwaches Licht. Ein Auto fährt am Haus vorbei, in normaler Geschwindigkeit, ohne zu verlangsamen. Am Steuer sitzt eine Frau. Sie dreht nicht den Kopf zu ihrem Fenster, sondern fährt ruhig weiter. Patty blickt dem Auto nach, bis es um die Ecke verschwunden ist.

Sie dreht sich vom Fenster weg. Schaut das große Foto von Iris an, das bei ihr an der Wand hängt. Die Dunkelheit umhüllt es mit einem rätselhaften, geheimnisvollen Schleier. Als wäre

Iris lebendig, tatsächlich anwesend. Patty lächelt ihr zu, greift nach Iris' Tagebuch, schließt die Augen und schlägt blind eine Seite auf. Öffnet die Augen wieder. Es ist ein Gedicht. Überschrift: *Was ich will*. Als sie die Wörter liest, haut es Patty fast um.

»Iris«, flüstert sie. Sie ist sich sicher, dass ihre Schwester in diesem Moment bei ihr ist, ganz nah, und dass sie sie berühren könnte, wenn sie den Arm ausstreckte.

Sie schließt die Augen, konzentriert sich. Spürt den feinsten Empfindungen nach. Ja, Iris ist da. Patty verspürt in sich eine Fülle und sanfte Wärme, die alle Fasern ihres Körpers durchstrahlt. Die Botschaft ihrer Schwester ist klar: Patty soll sich fragen, was sie wirklich will.

Sie setzt sich wieder an den Schreibtisch und fängt an, Sätze aufzuschreiben. Eine ganze Kette von Sätzen, in der Hoffnung, dadurch zu einer Antwort zu gelangen.

Marc Bardys hat Iris getötet. Er hatte nicht die Absicht, sie zu töten. Er war damals Junkie. Er behauptet, jetzt clean zu sein. Er behauptet, dass er sich verändert hat. Sein Tod gibt mir Iris nicht zurück. Sein Tod wird meinen Schmerz nicht lindern.

Die Sätze verketten sich, stoßen sich aneinander, reiben sich und führen zu einem anderen Ausgang als gedacht. Zuerst ist Patty darüber erstaunt. Dann schiebt sie ihre Überlegungen beiseite, um sich ganz Iris zuzuwenden. Wartet auf ein Zeichen der Abwehr und des Protests, das aber nicht kommt. Tiefe Erleichterung durchströmt sie, als wäre ein Gewicht von ihr genommen worden. Als wäre eine eiserne Klammer aufgesprungen. Sie fühlt sich von der Anspannung befreit, die seit Iris' Tod auf ihr gelastet hatte. Sie lauscht auf ihr Herz: Es blutet immer noch vom Tod ihrer Schwester, aber in klarer Stille, nicht mehr in rasender Wut.

Auf einmal muss Patty an die Radiosendung denken, die sie auf der Rückfahrt im Auto gehört hat. Eine junge Frau, deren Vornamen sie vergessen hat, hat dort ganz klar gegen Lynchjustiz und Rache argumentiert. Patty stellt den Computer an, um es sich noch einmal anzuhören. Aber sie weiß nicht mehr, welcher Sender es war. Sie müsste dafür noch einmal zum Auto und das Radio anstellen. Bei der Vorstellung, noch einmal nach draußen zu gehen, durchläuft sie ein Schauder.

Patty sitzt vor dem Computer, überlegt, was sie eingeben soll. Ihre Finger schweben über der Tastatur. Sie zögert einen Moment. Die Wörter, die ihr einfallen, sind viel zu vage. Dann fällt ihr ein Ausdruck wieder ein, der so klingt, als könnte er in die richtige Richtung weisen. *Rechtsgerechtigkeit.* Mehr Rechtsgerechtigkeit, das ist es. Sie tippt das Wort ein, startet die Suche. Bingo. Jede Menge Treffer, bei denen immer wieder eine Abkürzung auftaucht: PFR. *Partisanen für mehr Rechtsgerechtigkeit.* Patty hat davon schon gehört. Sie weiß, dass die Bewegung sehr umstritten ist, dass ihre Mitglieder bei jeder vorzeitigen Haftentlassung protestieren und zu Demonstrationen aufrufen.

Sie geht auf die Website der PFR und liest, was sie dort über ihre Grundsätze schreiben: »Organisierter Lynchmord hat nichts mit Mitgefühl oder irgendeiner Form der Unterstützung für die Opfer zu tun. Das Gesetz zur vorzeitigen Haftentlassung ist nichts anderes als die Legalisierung des Rachegedankens. Wir sind der Auffassung, dass jeder Täter sich gegenüber den Opfern und ihnen nahestehenden Menschen verantworten muss. Dies steht vollkommen außer Frage. Die Schuldigen müssen die Haftstrafe, zu der sie verurteilt wurden, in vollem Umfang absitzen.

Aber das Gefängnis muss mehr sein als eine bloße Strafanstalt. Jedem Häftling muss die Hoffnung auf Wiedereingliederung in die Gesellschaft gewährt werden. Ein Mensch kann sich ändern.«

Patty recherchiert danach in den sozialen Medien. Auf alle Äußerungen, die von Anhängern der PFR kommen, wird dort mit Hass und üblen Beleidigungen reagiert. Wer auch immer ihre Positionen vertritt, wird als Komplize von Kriminellen oder Verrätern beschimpft. Ihm oder ihr wird vorgeworfen, für Geld alles zu tun. Man droht ihnen, sie zu foltern und ebenfalls zu lynchen. Patty wird kotzübel, als sie das alles liest. Dann gesteht sie sich ein, dass sie selbst vor ein paar Tagen vielleicht ähnlich reagiert hätte. Als sie noch glaubte, das einzige Mittel, die Trauer über den Tod ihrer Schwester zu überwinden, sei der Tod von Marc Bardys.

Ein Name taucht in den Chats immer wieder auf. Jetzt erinnert sie sich, dass er auch in der Radiosendung gefallen war. Helena. Ja, so hieß die Vertreterin der PFR, die sie gehört hatte.

Patty klickt bei einem von Helenas Kommentaren auf Antworten und schickt ihr eine Nachricht:

Ich muss mit dir reden.

Auszug aus dem Tagebuch von Iris

Was ich will

Meine Wut befiehlt,
Meine Ungeduld fordert,
Aber was will ich wirklich?

Meine Träume wimmeln von Fantasien,
Meine Wünsche kennen keine Grenzen,
Aber was will ich wirklich?

Meine Beine bleiben still und stumm,
Voller Wut beschimpfe ich sie,
Aber was will ich wirklich?

Mein Mund murmelt und murmelt,
Mein Kopf dreht sich im Kreis, um zu vergessen,
Aber was will ich wirklich?

Ich sein?
Ja. Nur ich.
Ich selbst.

19

Tag 6, 14.13 Uhr

Als Patty aufwacht, braucht sie ein paar Sekunden, bis sie sich zurechtfindet. Beim Blick auf ihr Handy erschrickt sie. Was, so spät? So lange hat sie geschlafen? Sie springt aus dem Bett, stellt sich unter die Dusche, die Erinnerung an die letzte Nacht überfällt sie, die ein einziger Albtraum war. Das heiße Wasser hilft ihr dabei, wieder klar zu denken. Hastig trocknet sie sich ab, geht in ihr Zimmer zurück, blickt aufs Handy. Die Nachricht, auf die sie wartet, ist eingetroffen. Bereits vor mehreren Stunden.

> *Wie kann ich dir helfen?*

Helenas Antwort ist zu knapp, um daraus irgendwas entnehmen zu können. Aber der Kontakt ist hergestellt, das ist schon mal positiv. Nervös tippt Patty ein paar Infos ein.

> *Mein Name ist Patty Johnson.*
> *Ich bin die Schwester von Iris Johnson, die von Marc Bardys umgebracht wurde. Er ist gestern vorzeitig aus der Haft entlassen worden.*
> *Mich bedrohen Lynchjäger, die seinen Aufenthaltsort erfahren wollen.*
> *Ich will mit dir darüber reden, wie es mit Marc Bardys weitergehen soll.*

Nach ein paar Sekunden trifft die Antwort ein:

> *Ich weiß, wer du bist. Am besten treffen wir uns.*
> *15 Uhr. Halte dich bereit.*
> *Anweisungen folgen.*

Patty seufzt erleichtert auf. In dem Tunnel, in dem sie feststeckt, kommt ihr das wie ein kleines Licht inmitten der Finsternis vor. Diesem Hoffnungsschimmer will sie folgen. Sie verspürt fast so etwas wie Euphorie. Macht sich im Bad fertig. Beim Blick in den Spiegel fühlt sie sich um Jahre gealtert. Ihr Gesicht hat sich plötzlich verändert. Ist schmaler geworden. Der Horror und die Verzweiflung der gestrigen Nacht, als Gun_27 sie bedroht hat, springen sie daraus an. Fast will sie sich schon die Ringe unter den Augen wegschminken. Helena soll nicht den Eindruck haben, dass es sich bei ihr um eine emotional instabile Jugendliche handelt. Aber noch weniger will sie wie ein oberflächliches Girlie wirken. Während Patty sich im Spiegel betrachtet, spürt sie, wie ihr Magen sich verkrampft.

Auf dem Treppenabsatz bleibt sie kurz stehen und lauscht. Ihre Eltern sind nicht da. Gut so.

In der Küche entdeckt sie einen Zettel, den sie ihr geschrieben haben. Ein Zeichen, dass sie sich Sorgen machen.

*Wir haben gehört, wie du gestern Nacht
nach Hause gekommen bist.
Haben dich heute früh lieber ausschlafen lassen.*

Wir haben dich lieb!

Beide haben mit ihren Vornamen unterschrieben. Ihre Mutter mit ihren typischen eckigen Buchstaben, ihr Vater mit seiner Unterschrift wie ein Chefarzt, die kein Uneingeweihter entziffern kann.

Patty schnappt sich ein Joghurt aus dem Kühlschrank, dazu noch Schinken. Sie muss dringend was in den Magen kriegen. Strengt sich an, nicht zu schnell hinunterzuschlingen und danach kotzen zu müssen..

14.45 Uhr. Patty hat den Mantel angezogen und bereits unzählige Male ihr Handy gecheckt. Die leichte Hoffnung, die sie bei Helenas Nachrichten verspürt hat, beginnt sich gerade wieder in Luft aufzulösen. *Und was, wenn ...?* Sie führt den Satz in vielen, vielen Abwandlungen zu Ende, eine negativer als die andere. *Und was, wenn ...* sie sich getäuscht hat?

Pünktlich um 15 Uhr kommt eine neue Nachricht von Helena.

> *In 15 Minuten am Mega-Center
> vor dem Haupteingang.
> Dort erfährst du mehr.*

Hört sich nach einer längeren Schnitzeljagd an. Dagegen hat Patty nichts. Sie greift nach den Schlüsseln, steckt das Handy in die Innentasche ihrer Jacke. Das Einkaufszentrum liegt nicht weit weg, mit dem Bus sind es nur drei Stationen.

Vor dem Haus vermeidet sie einen Blick zur Rasenfläche, auf der sie hilflos dalag und von Gun_27 bedroht wurde. Sie schließt die Gartentür hinter sich ab und geht in Richtung Bushaltestelle. Ob Gun_27 irgendwo auf der Lauer liegt und sie beobachtet? Oder Seraph? Oder jemand anders? Patty bemüht sich, einen coolen und lockeren Eindruck zu machen. Aber sie ist total angespannt. Während sie auf den Bus wartet, sieht sie unauffällig in alle Richtungen. Tut dabei so, als würde sie den Fahrplan studieren, der im Wartehäuschen aushängt. Horcht in sich hinein, ob sie dasselbe Kribbeln verspürt wie vor ein paar Tagen. Als sie sich zu Recht beobachtet fühlte und von ihr das Foto gemacht wurde. Aber sie spürt nichts. Im Moment überdeckt ihre Nervosität alle anderen Empfindungen.

Im Bus setzt sie sich nicht hin, sondern bleibt im Mittelgang stehen. So kann sie besser durchs Rückfenster schauen. Bald fällt ihr der Motorroller auf, der dem Bus folgt. Kurz vor der ersten Haltestelle bremst er ab und hält vor einem Geschäft. Der Mann mit Helm tut so, als würde er etwas im Schaufenster betrachten. Kurz nachdem der Bus angefahren ist, gibt auch der Roller Gas. Bei der zweiten Haltestelle fährt der Motorroller am Bus vorbei, lässt sich etwas später überholen und folgt dem Bus dann wie zuvor. Vor dem Mega-Center fährt der Roller wieder am Bus vorbei, dreht aber um, als der Fahrer bemerkt, dass Patty ausgestiegen ist. Sie würde ihm gern den Stinkefinger zeigen, damit er merkt, dass sie nicht blöd ist. Lässt es dann doch sein.

Patty hastet über den Parkplatz, auf dem um diese Uhrzeit viel los ist. Am liebsten wäre sie klitzeklein, um von niemandem beachtet oder beobachtet zu werden. Die Menge muss ihr Schutz bieten. Dort ist sie nur ein Mensch unter vielen. Als sie vor dem Haupteingang steht, ist es 15.13 Uhr. Und jetzt? Soll sie warten? Hineingehen? Plötzlich kommt es zu einem solchen Geschubse und Gedrängel, dass sie sofort merkt, das kann kein Zufall sein. Sie blickt um sich. Der Junge muss ungefähr fünfzehn sein. Er mustert sie kurz, wendet dann den Blick ab. Ist rot geworden. Zu welchem Lager gehört er? Er hat platinblond gefärbte Haare, ein Piercing in der rechten Augenbraue, ein sanftes Gesicht, das gleichzeitig entschlossen wirkt. Das Grübchen an seinem Kinn wandert rauf und runter, als er zu reden beginnt:

»Helena wartet drinnen. Treib Dich ein bisschen herum und bleib immer wieder stehen, als ob du shoppen wärst. Sie spricht dich an.«

»Ich werde verfolgt«, murmelt sie.

Darauf ist er offensichtlich nicht gefasst. Scheint nicht zu wissen, wie er reagieren soll.

Bevor sie ihm irgendeine Frage stellen kann, ist er verschwunden.

Patty betritt das Einkaufszentrum. Überall sind Menschen. Manche schlendern nur herum. Andere sind mit Einkaufstüten bepackt. Shoppen hat Patty noch nie Spaß gemacht. Sie hat noch nie gern in Läden eingekauft. Sie bestellt lieber im Internet und meidet Shoppingmalls. Der Lärm und das Neonlicht dort machen sie ganz krank. Die Reizüberflutung. In einer kleinen Boutique ist es ruhiger, die Beleuchtung sanfter. Patty geht hinein. Die Verkäuferin grüßt sie freundlich. Sagt, dass sie sie jederzeit um Rat fragen kann. Oder sich an sie wenden kann, wenn sie ein Stück in einer bestimmten Größe nicht findet. Patty nickt und lächelt ihr zu. Sie zieht ein T-Shirt am Ständer heraus und betrachtet es ausführlich. Weiter vorne greift sie auf einem Tisch nach einem Pullover und hält ihn prüfend vor sich hin. Wie eine unentschiedene Kundin wiederholt sie alle diese Gesten mehrmals.

»Von Ryan weiß ich, dass du verfolgt wirst. Dreh dich auf keinen Fall zu mir um. Jeder muss glauben, dass wir zwei Kundinnen sind, die sich überhaupt nicht kennen.«

»Ryan?«, fragt Patty.

»Er ist noch nicht lange bei uns. Ich teste gerade, wie viel er kann. Und je nachdem, bringe ich ihm danach bei, was er braucht.«

Patty fragt sich, warum Helena ihr das alles erzählt. Vielleicht will sie damit ja Vertrauen zu ihr aufbauen. Helenas eigenes Misstrauen ihr gegenüber spürt Patty deutlich.

»Ich hab dich gestern im Radio gehört«, sagt sie.

Weil Helena nicht reagiert, fährt sie fort:

»Ich hab alles getan, damit Marc Bardys freikommt.«

»Ist mir bekannt«, entgegnet Helena.

Die Antwort führt nicht dazu, dass Patty behaglicher zumute ist. Ihr reicht schon das mulmige Gefühl, dass bei ihr die Fotos von ihrem ausspionierten Alltag ausgelöst haben. Alle Welt scheint jetzt zu wissen, wer sie ist. Hat sie sich zu stark exponiert?

»Ich möchte, dass Marc Bardys für das bezahlt, was er Iris angetan hat. Aber ich möchte nicht, dass er stirbt.«

»Kommt ein bisschen spät, deine Erkenntnis. Hättest du dir vorher überlegen sollen.«

Diese Frau sagt einem alles offen ins Gesicht. Brutal und direkt. Nur weil sie nicht Helenas anklagendem Blick begegnen will, dreht Patty sich in diesem Moment nicht zu ihr um.

»Wenn er zustimmt, kann er den Rest seiner Strafe bei uns abbüßen, in einem unserer geheimen Gefängnisse«, fährt Helena fort. »Das ist unser Angebot. Unser Beitrag als Partisanen für mehr Rechtsgerechtigkeit zu einer gerechteren Justiz. Jedenfalls solange das Gesetz zur vorzeitigen Haftentlassung nicht außer Kraft gesetzt ist. Dafür kämpfen wir, das ist unser großes Ziel. Weißt du, wo er sich versteckt?«

»Ja, in einer Hütte im Wald, Autobahn Richtung Norden, nach der Abzweigung noch mal ungefähr zwanzig Kilometer.«

»Sobald ich die genauen Koordinaten habe, schicke ich sofort einen Trupp von uns hin.«

»Und wenn er nicht zustimmt?«

»Für uns bleibt er ein entflohener Häftling. Wir wollen ihm lediglich ersparen, von der Meute gelyncht zu werden. Willst du, dass er seine gerechte Strafe absitzt?«

»Ja. Aber ich will vorher mit ihm reden. Sicher sein, dass er einverstanden ist.«

Schweigen breitet sich zwischen ihnen aus. Bis jetzt hat Patty nur auf den Moment hingelebt, in dem Marc sterben würde. Aber sie hat erkannt, dass sein Tod keine Lösung ist. Marcs Tod wird ihr keinen Trost bringen. Auch eine gewaltsame Entführung und Inhaftierung durch die PFR wäre nicht das, worum es ihr geht. Marc Bardys muss seine Strafe freiwillig anerkennen. Er muss sich zu seiner Tat und ihren Folgen bekennen. Verantwortung übernehmen. Sie will, dass er sie um Vergebung bittet. Das ist es, was sie braucht.

»Unsere Regeln bei den PFR sind klar. Sobald wir Kenntnis

davon haben, wo ein Haftentlassener sich aufhält, müssen wir ausrücken und ihn exfiltrieren. Mit oder ohne sein Einverständnis.«

Patty würde Helena gern in die Augen sehen. Sie fühlt sich von ihr unter Druck gesetzt. Aber sie gibt nicht nach. Sie hat keine andere Wahl, wenn sie eines Tages wieder nach vorne schauen und ihr eigenes Leben führen will. Falls Marc Bardys akzeptiert, den Rest seiner Haftstrafe bei den PFR abzusitzen, wird sie das als Bitte um Vergebung deuten.

»Bitte, Helena, lass mich vorher mit ihm reden.«

»Dazu bin ich nicht befugt. Sobald ich weiß, wo er sich aufhält, muss ich intervenieren.«

»Nein, warte!«, protestiert Patty. »Niemand weiß doch, dass ich dir die Information gegeben habe. Oder jedenfalls einen klaren Hinweis. Und es wird auch niemals jemand davon erfahren. Bitte, lass mich zuerst mit ihm reden.«

»Das kann ich nicht.«

»Das Gespräch mit ihm ist für mich überlebenswichtig. Ich muss wissen, dass er die Strafe akzeptiert, dass er sie freiwillig auf sich nimmt. Es muss von ihm kommen. Spielt es bei euch denn überhaupt keine Rolle, was die Opfer brauchen?«

Wieder herrscht zwischen ihnen Schweigen.

»Wir dürfen nicht zu viel Zeit verlieren«, flüstert Helena schließlich. »Er könnte aus der Hütte fliehen. Mit jeder Minute zieht sich die Schlinge enger um ihn. Laut Statistik werden die meisten Haftentlassenen am zweiten Tag von ihren Verfolgern gelyncht.«

Patty hört Helenas Antwort mit großer Erleichterung. Sie will sich bei ihr bedanken. Als sie sich trotz der Ermahnung zu ihr umdreht, ist das Geschäft leer.

Marc BARDYS
Tätlicher Angriff mit Todesfolge auf eine vulnerable Person
20 Jahre
Gefährlichkeit: 3/10
Puls: 48
Emotionaler Stabilitätsindex: 8/10

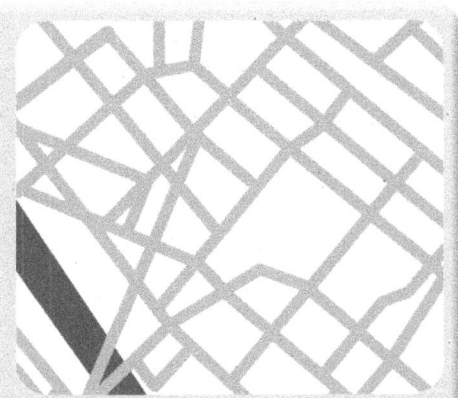

Übermittlung des Standorts in:
1 Stunde 5 Minuten 17 Sekunden

20

Tag 6, 17.55 Uhr – Einkaufszentrum

Um mögliche Verfolger abzuschütteln, schlendert Patty weiter durchs Einkaufszentrum, geht in viele Boutiquen rein und wieder raus. Verlässt das Mega-Center durch einen Seitenausgang, kommt an anderer Stelle wieder rein. Kauft sich Klamotten, wechselt in den Kabinen ein paar Mal ihren Look. Sie hat jetzt eine Basecap auf, die ihr tief ins Gesicht reicht. Und einen Schal um die untere Gesichtshälfte gewickelt.

Gerade steuert sie auf den Supermarkt des Einkaufszentrums zu, als sie einen Mann in Arbeitskleidung vor einer grauen Tür mit der Aufschrift »Personaleingang« stehen sieht. Durch den Türspalt erspäht sie eine Metalltreppe. Kurz entschlossen will sie sich an dem Mann vorbeischieben. Er versperrt ihr den Weg, sagt, da habe sie nichts zu suchen. Patty erklärt ihm, dass sie sich verlaufen habe, bittet hundert Mal um Entschuldigung, erzählt ihm, dass sie nicht mehr wisse, wo sich der Eingang in die unterirdische Parkgarage befinde, und außerdem könne sie sich nicht mehr erinnern, wo sie ihr Auto geparkt habe. Ob er ihr helfen könne? Der Mann lächelt.

»Aber erzählen Sie niemand davon, ich könnte gefeuert werden«, murmelt er und macht ein Zeichen, dass sie ihm folgen soll.

Der Mann geht mit ihr die Treppe bis ins zweite Untergeschoss runter und stößt dann eine Tür auf. Dahinter ist die Tiefgarage.

»Viel Glück!«, wünscht er ihr noch. »Hoffentlich finden Sie bald Ihr Auto!«

Patty bedankt sich, streunt suchend zwischen den Autos umher und entdeckt eine Mutter mit zwei Kindern, die gerade den Kofferraum mit ihren Einkäufen belädt. Die beiden Kinder, ein Junge und ein Mädchen, streiten sich um eine Packung mit Keksen. Patty blickt auf ihr Handy, um zu wissen, wie viel Uhr es ist. Ihre Vorsichtsmaßnahmen haben sie viel zu viel Zeit gekostet. Der Zeitpunkt, an dem die Standortdaten von Marc Bardys übermittelt werden, rückt immer näher und näher.

»Hallo, mein Auto springt leider nicht an, ich weiß auch nicht, warum. Mein kleiner Sohn ist allein zu Haus und ich bin grade etwas aufgeschmissen«, sagt Patty. »Könnten Sie mir vielleicht helfen?« Sie bemüht sich, unruhig und besorgt zu wirken, was ihr nicht schwerfällt.

Die Frau dreht sich um, mustert sie von Kopf bis Fuß. Der Junge und das Mädchen haben aufgehört zu streiten und mustern sie ebenfalls.

»Ich wohne nicht weit weg«, sagt Patty. »Wenn Sie mich da vielleicht absetzen könnten …«

Die Mutter bemerkt die Einkaufstüten von Patty. Was sie zu beruhigen scheint. Sie lächelt und nickt.

»Okay. Einsteigen, Kinder! Und ich will von euch kein Wort mehr hören!«

Um die Sache etwas zu beschleunigen, öffnet Patty ihnen die Autotüren. Hilft dann dabei, die Einkäufe umzupacken, und bringt den Einkaufswagen fort, während die Frau sich hinters Lenkrad setzt. Patty setzt sich neben sie und dreht sich zu dem Jungen und dem Mädchen auf dem Rücksitz. So ist sie von draußen weniger leicht zu erkennen.

»Meine Schwester ist doof«, verkündet der Junge.

»Bin ich nicht! Selber doof!«

Patty sagt der Mutter, wohin sie fahren soll, und erzählt den Kindern, was ihre Schwester Iris einmal zu ihr gesagt hat, als sie sich gestritten haben:

»Genau, ich bin doof mit zwei so großen O wie die Räder von einem Rollstuhl!«

Die beiden Kinder schauen Patty mit großen fragenden Augen an.

Sie verstehen sie nicht. Wie sollten sie auch? Ist Patty auch egal. Die Erinnerung an Iris zerreißt ihr das Herz. Sie bringt danach kein Wort mehr raus. Die Uhr am Armaturenbrett zeigt 18.16 Uhr an. Mit dem Finger zeigt sie, dass die Frau an der nächsten Ecke rechts abbiegen soll. Greift nach ihren Einkaufstüten.

»Da ist es«, sagt sie kurz darauf. »Vielen Dank.«

Patty wartet, bis das Auto verschwunden ist. Dann setzt sie sich in Marcs Auto und fährt sofort los. Sie darf keine Sekunde mehr verlieren.

Während der Fahrt versucht sie gar nicht erst, ihre Gedanken zu ordnen. Zu viel stößt und reibt sich da aneinander. Merkwürdigerweise fühlt sie sich innerlich total leer. Sie konzentriert sich auf die Straße und auf den Verkehr. Stellt das Radio an. Es laufen gerade die Nachrichten. Stellt das Radio wieder aus. Zu viel Hektik und Lärm aus der Welt da draußen kann sie jetzt nicht gebrauchen. Das stresst sie nur noch mehr.

Um 18.41 Uhr biegt Patty endlich in den schmalen Waldweg ein, der zur Hütte führt. Erstaunt stellt sie fest, dass davor ein Motorrad parkt. Sie zögert. Späht einen Moment misstrauisch umher. Nirgendwo eine Bewegung. Alles ist ruhig. Die Zeit drängt, sie hat keine andere Wahl. Als sie sich der Hütte langsam und vorsichtig nähert, hört sie von drinnen ein schrilles Lachen, das sie das Schlimmste befürchten lässt. Sie stürzt zur Tür und stößt sie mit viel Schwung auf. Marc liegt auf dem Bettgestell. Ein anderer Typ, kleiner als er, hockt in sich zusammengesackt auf dem Boden, den Rücken gegen die Wand gelehnt. Im Rhythmus einer Musik, die nur er selbst hört, lässt er den Kopf kreisen.

»Es ist bald 19 Uhr!«, ruft sie.

Der Besucher hebt den Kopf, glotzt sie an. Marc wedelt zur Begrüßung mit der Hand.

»Hi«, sagt er.

»Was ist denn mit dir los?«, fährt Patty ihn an. Sie weiß die Antwort schon.

»Ich ... ich habe ... ist nur ein kleiner Stimmungsaufheller.«

»Du hast mir doch geschworen, dass du –«

»He! Ho! Immer mit der Ruhe! Du bist nicht meine Mutter!«

Der andere Typ fängt zu kichern an. Patty baut sich vor ihm auf, funkelt ihn wütend an.

»Und du, hau ab! Verschwinde!«

Der Typ dreht den Kopf und sucht mit den Augen Unterstützung bei Marc, der ihm ein Zeichen macht, dass er gehen soll. Er versucht gar nicht erst, dagegen zu protestieren, taumelt, als er aufsteht, und verschwindet nach draußen. Patty will nicht wissen, ob und wie es ihm gelingt, auf sein Motorrad zu steigen und davonzufahren.

»Los! Beweg dich!«, befiehlt sie Marc.

Der brummelt erst, setzt sich dann unwillig und langsam auf. Sie hält ihm ihr Handy hin. Darauf leuchtet ihm 18.46 Uhr entgegen.

»In vierzehn Minuten übermittelt die elektronische Fußfessel deinen Standort. Und schneller, als du denken kannst, werden hier jede Menge Lynchjäger aufkreuzen, um dir eine Kugel in den Kopf zu schießen. Willst du das wirklich?«

Patty spürt, wie in ihr eine riesengroße Wut ins Rollen kommt, eine ganze Lawine von Felsbrocken, die bei einem Bergsturz ins Tal donnert. Am liebsten würde sie davonrennen und ihn hier sitzen lassen, so verraten fühlt sie sich von ihm. Aber sie will nicht seinen Tod auf dem Gewissen haben. Sie geht zum Bett und zertritt mit dem Absatz die Spritze am Boden. Dann brüllt sie ihn an.

»Und jetzt stehst du auf!«

Weil Marc nur schwer in die Gänge kommt, zerrt sie ihn am Arm hoch und legt ihm ihren Arm um die Schultern, damit er sich auf sie stützen kann. Wenn die Lynchjäger sie bei ihm finden, dann wartet auf sie bestimmt dasselbe Schicksal wie auf ihn. Wird für die wahrscheinlich kein Problem darstellen, eine Kugel in ihrem Kopf als unglücklichen Jagdunfall darzustellen ...

Sie zerrt und schleppt Marc zum Auto. Bei jedem Schritt glaubt sie, dass er zusammenbricht. Patty verstaut ihn auf dem Beifahrersitz, rennt dann ums Auto herum und setzt sich ans Steuer. Als sie endlich losfährt, ist es 18.51 Uhr. Hastig gewendet, dann kräftig aufs Gaspedal getreten, um so schnell wie möglich das Ende des Waldwegs zu erreichen. An der Landstraße zögert sie einen Moment, ob sie nach links oder nach rechts abbiegen soll, fährt dann nach rechts, um den Eindruck zu erwecken, dass Bardys sich immer weiter von der Stadt entfernt. Es bleiben nicht mal mehr acht Minuten. Bis dahin will sie so weit weg wie möglich von dem Versteck in der Hütte sein. Die Straße windet sich in Serpentinen einen steilen Hang hoch. Patty nimmt die Kurven so knapp wie möglich, beschleunigt aus ihnen heraus gleich wieder, um Zeit zu gewinnen.

Marc klammert sich an den Türgriff, starrt sie an. In seinen Augen kann sie Angst lesen. Da tritt sie noch stärker aufs Gaspedal. Ein paar Mal treibt es das Auto fast aus der Kurve. Es gelingt ihr gerade noch, am Lenkrad gegenzusteuern. Die Reifen quietschen. Marc wird immer bleicher. Sie beschleunigt noch mehr. Je stärker seine Angst wird, desto befriedigender für sie.

»Willst du ... willst du uns ...«, stottert er.

Warum nicht?, würde sie ihm am liebsten antworten. Vielleicht ist das ja die Lösung. Einfach geradeaus steuern, über die Straße hinaus in den Abgrund. Kurz mit dem Auto durch die Luft fliegen, dann nach unten stürzen, sich mehrmals überschlagen, bis das völlig zertrümmerte Wrack schließlich am Fuß des Abhangs liegen bleibt. Schluss mit dem ganzen Zirkus. Sei willkommen, Tod!

»Halt an! Bitte, halt an!«, fleht er. »Fahr langsamer!«

Das lässt sie nur noch schneller fahren. Jedem seine Droge. Ihr Rausch überflügelt für sie alles andere. Sie fühlt sich von einer Begeisterung und Energie getragen, die größer ist als sie selbst. Leben. Sterben. Wie lächerlich ihr das plötzlich alles vorkommt. Eine Kurve. Noch eine. Noch eine. Plötzlich kommt ihnen aus einer Kurve heraus ein anderes Auto entgegen. Marc schreit auf. Patty reißt das Lenkrad herum und schafft es gerade noch, auszuweichen. Aber sie verliert fast die Kontrolle. Schrammt die Schutzplanke. Ein sehr ungemütliches Geräusch. Doch davon lässt sie sich nicht aufhalten. Setzt ihre rasende, tollkühne Fahrt fort. Nicht mehr ihre Hände, Füße oder ihr Kopf steuern das Auto, sondern ihr Zornesrausch. Die Uhr am Armaturenbrett zeigt 18.58 Uhr.

Aber welchen Sinn hat das alles? Einen Augenblick lang stellt sie sich die Sekunde danach vor. Das zertrümmerte, brennende Wrack. Vielleicht ist sie schon tot. Vielleicht blickt ihre Seele von oben auf alles herab ... Da wird Patty klar, dass die Ersten, die an die Unglücksstelle kommen, die Lynchjäger sein werden. Ihnen allen wird die App *Guilty* in wenigen Sekunden den Standort übermitteln. Und dann werden sie loshetzen. Diese Aussicht lässt sie erschaudern. Der Horror. Keinesfalls möchte sie, dass Gun_27 sie so findet. Sie soll ihre Leiche nicht als Trophäe abfotografieren.

Ha, sie wird Gun_27 beweisen, dass sie auch etwas von Verfolgungsjagden versteht. Und davon, wie man jemanden reinlegt.

Um Punkt 19 Uhr bremst Patty abrupt ab.

»Was machst du?«, fragt Marc.

»Jetzt wissen alle, wo du bist.«

CDX_2032
Er ist in den Bergen nördlich der Stadt.
Wir müssen verhindern, dass er es über die Grenze schafft.
19:03 ❤ : 147 🔀: 69 💬 : 58

Kommentare:

Böser_Clown @CDX_27
Bis dahin sind es 40 km. Den schnappen wir uns vorher.
19:03

Parforcejagd @CDX_2032
Eine Hetzjagd muss her. Ich stelle die Hunde.
19:04

Hemmungslos @Parforcejagd
Ohne mich. Ich jage lieber allein. Die Beute aufspüren.
Sich ranpirschen. Das kann man nur allein genießen!
19:05

Spiderdog @Hemmungslos
Dein Einzelgängertum kannst du dir du-weißt-schon-wo hinstecken.
Hab ne lange Schlange von Autos gesehen, alle unterwegs in die Berge. 😁
19:06

Böser_Clown @Spiderdog
Kann ich bestätigen. Da ist die Hölle los!
19:07

21

Tag 6, 19.21 Uhr

»Du willst also, dass ich im Gefängnis verschimmle? Ist es das? Ja?«

Marc schleudert ihr das in einer Mischung aus Angst und Aggressivität entgegen.

»Es gibt keine andere Lösung!«, ruft Patty. »Willst du hier in den Bergen verrecken?«

Sie stehen wieder vor der Hütte. Das Auto ist davor geparkt. Er dreht sich zu ihr, will noch nicht durch die Tür hinein.

»Und wenn ich einfach fliehe?«, fragt er.

»Fliehen? Wie ein Hase, der Haken schlägt? Während der Jäger ihn ruhig mit dem Fernglas verfolgt, anlegt und schießt? Du hast nicht die geringste Chance, deinen Lynchmördern zu entkommen!«

»Was weißt du denn davon?«

Patty denkt an Gun_27, an die Treffsicherheit, mit der sie schießt, an die Leidenschaft, mit der Jane von ihrem grausamen Hobby erzählt hat, an ihren Ehrgeiz, ihrer privaten Trophäensammlung einen vierten Haftentlassenen hinzuzufügen. Sie denkt an den Hass und die Hetze in den sozialen Medien.

Marc steht reglos vor ihr. Patty bemerkt das Zittern seiner Hände, den leichten Schleier über seinen Augen. Reaktion auf die allmählich nachlassende Wirkung der Droge? Ausdruck der Todesangst, die sie bei ihm mit ihrer wilden Fahrweise ausgelöst hat? Zeichen seiner Verletzlichkeit? Als würde der Vorhang vor seinem Innern einen Spalt weggezogen? Der Moment, auf den sie gewartet hat? Ihre große Chance, ihn dazu zu bringen, dass er seine Strafe in einem Gefängnis der PFR absitzt?

Bei ihrer Arbeit mit den Jugendlichen in der Villa Zacharias hat Patty gelernt, den Augenblick zu erkennen, in dem Aggressivität sich in einen Hilferuf verwandelt, in dem Worte gehört werden und ihre Wirkung entfalten, in dem Herz und Kopf sich öffnen … den flüchtigen, verletzlichen Augenblick, in dem in sich verstrickte Jugendliche die Hand, die man ihnen reicht, zurückweisen und gleichzeitig allzu gern ergreifen.

Sie macht einen Schritt auf Marc zu, legt ihm eine Hand auf die Schulter, versucht, ihren eigenen Zorn hinunterzuschlucken. Wenn sie ihn dazu bringen will, sich freiwillig in ein Untergrundgefängnis der PFR zu begeben, darf sie nicht seine Wut oder Angst verstärken. Sie muss ihm ein Gefühl von Sicherheit vermitteln.

»Seit dem Tag, an dem Iris gestorben ist, habe ich auf den Moment hingelebt, in dem du tot sein würdest. Ich habe geglaubt, nur das könnte mich in meiner Trauer trösten. Ich habe mich getäuscht. Ich weiß jetzt, dass ein Tod nie einen anderen ungeschehen machen kann. Nie darüber hinwegtrösten kann. Wenn sie dich lynchen, wird es mir deshalb nicht besser gehen.«

Patty redet einfach drauflos, folgt ihrem inneren Gefühl, spricht aus, was ihr in den letzten Stunden durch den Kopf gegangen ist.

»Du musst wieder ins Gefängnis und deine Strafe absitzen. Freiwillig!«

»Aber wegen dir bin ich doch rausgekommen!«, entgegnet er.

»Stimmt. Aber mir ist jetzt klar geworden, dass du dir nie allein und ohne Hilfe ein neues Leben aufbauen kannst. Noch weniger mit dem schweren Bündel, das du zu tragen hast. Den Tod meiner Schwester, an dem du schuld bist. Genauso wenig wie ich in ein glücklicheres Leben finden kann, wenn ich an deinem Tod schuld bin. Ich habe mich informiert. Ich weiß jemanden, der dir helfen kann.«

Er wartet darauf, dass sie weiterredet.

»Ihr Name ist Helena.«

»Und woher weiß ich, dass das keine Falle ist?«

»Jetzt hör mal mit deinem Misstrauen auf. Ich hätte dich schon hundert Mal töten können, wenn ich gewollt hätte. Sie wird auch nicht herkommen. Ich will nur, dass du mit ihr telefonierst. Dir anhörst, was sie zu sagen hat. Danach kannst du dich frei entscheiden.«

Ihr klarer, entschiedener Tonfall steht in krassem Gegensatz zum Gefühlssturm, der in ihrem Innern tobt. Die Drohungen von Gun_27 und Seraphs Entschlossenheit haben keinen Zweifel gelassen. Wenn sie ihnen Marc nicht ausliefert, werden ihre Eltern dafür büßen müssen.

Marc schaut sie zweifelnd an. Sie hat ihn nicht überzeugt.

»Wenn du es nicht für dich selbst oder für mich tust, dann tu's für Iris. Bitte. Iris hat niemandem etwas Böses getan. Sie ist ein unschuldiges Opfer. Das bist du ihr schuldig!«

Marc rührt sich nicht, blinzelt kein einziges Mal. Scheint einen Punkt in der Ferne zu fixieren. Sie weiß, dass sie bei ihm etwas angerührt hat. Aber sie hat keine Ahnung, ob es genügt. Sie wollte erreichen, dass er sich elend und schwach fühlt. Und auch in die Enge gedrängt. Aber nur aufgrund der Gefühle, die in ihm aufgewühlt worden sind. Nicht wegen der Gefahr, die ihn bedroht. Sie will, dass er sich für Iris entscheidet. Nicht, dass es ihm nur darum geht, seine Haut zu retten.

Am liebsten würde sie ihm an die Gurgel gehen und ihn schütteln. Stattdessen lächelt sie ihn an.

»Aber nur, um mit ihr zu reden«, sagt er schließlich.

Patty zieht das Handy heraus und tippt hektisch die Nummer von Helena ein. Nervös wartet sie, dass sie drangeht. Das Klingeln scheint endlos zu dauern. Ihre Finger, die das Handy umklammern, verkrampfen sich. Schließlich meldet Helena sich.

»Ich bin's, Patty. Ich stehe hier mit Marc Bardys. Er hat zugestimmt, mit dir zu reden.«

»Danke, Patty. Super, was du da geschafft hast! War für dich bestimmt nicht leicht, aber wirklich das Beste, was du tun konntest. Glaub mir!«

»Ich weiß aber nicht, ob er ...«

»Ob er darauf eingeht? Mach dir darum mal keine Gedanken. Du hast deinen Teil geleistet. Ab jetzt übernehme ich. Dann reich mir jetzt bitte Marc Bardys. Und lass ihn allein, damit er frei mit mir reden kann. Okay?«

Patty nickt, als ob Helena sie sehen könnte. Dann reicht sie Marc das Handy.

Er geht zur Hütte. Macht die Tür auf. Geht hinein. Macht die Tür hinter sich zu. Für Patty heißt es jetzt warten. Um sich die Zeit zu vertreiben, blickt sie um sich. Nimmt die Natur und

Landschaft um sich herum mit allen Sinnen auf. Das Grün der Blätter und Tannennadeln, das sich in der fortschreitenden Dämmerung immer dunkler verfärbt. Das Murmeln des Winds zwischen den Zweigen, das Zwitschern der Vögel, die aufeinander antworten, das Rascheln aus dem Unterholz. Sie würde gerne ganz im Augenblick verweilen können. Aber es gelingt ihr nicht. Immer wieder gleiten ihre Gedanken ab zum Gespräch, das gerade drinnen in der Hütte geführt wird. Patty fängt an zu zittern. Nichts zu wissen, ist eine Folter. Es gelingt ihr nicht, die Anspannung in ihrem Körper loszuwerden.

Weil ihr kalt wird, setzt sie sich schließlich ins Auto, stellt den Motor und die Heizung an. Nach kurzer Zeit ist die Luft um sie herum lauwarm, aus dem Radio kommt leise, einschläfernde Musik. Ihr wird immer wärmer und wärmer. Mehrmals muss sie dagegen ankämpfen, dass ihr die Augen zufallen. Irgendwann verkündet der Sprecher im Radio, dass es genau 20 Uhr ist. Patty schreckt auf, stellt den Motor ab und geht zur Hütte. Sie legt das Ohr an die Tür. Lauscht. Nichts zu hören. Ihr Herz fängt an, wie wild zu klopfen. So wild, dass sie nichts anderes mehr wahrnehmen kann. Sie beschließt hineinzugehen. Marc sitzt auf dem Fußboden, den Rücken gegen die Wand gelehnt. Mit weit aufgerissenen Augen starrt er ins Nichts. Einen Augenblick lang glaubt sie, dass er sich wieder Heroin gespritzt hat. Er greift nach ihrem Handy, das er neben sich abgelegt hat, und reicht es ihr.

»Und?«, fragt sie.

Marc zieht seine Beine zu sich heran, umklammert sie mit den Armen und krümmt sich zu einer erbärmlichen Kugel zusammen.

»Ich bin dazu bereit«, murmelt er.

Tränen schießen Patty in die Augen. Sie sucht nach Worten. Will gerade etwas sagen, als sie hört, wie ein Auto auf die Hütte zugefahren kommt.

Black_Angel @Seraph_Up
Ich weiß, wo Bardys ist!
20:04

Seraph_Up @Black_Angel
???
20.05

Black_Angel @Seraph_Up
Er versteckt sich in einer Hütte.
Ein Kunde hat sich dort mit ihm einen Schuss gesetzt.
20:06

Seraph_Up @Black_Angel
Zu spät. Wir müssen ihn von der Angel lassen.
Es sind ihm zu viele auf der Spur. Wird für uns zu heiß.
20:06

Black_Angel @Seraph_Up
Er muss uns sagen, wer der Scheißkerl ist, der uns verraten hat!
20:06

Seraph_Up @Black_Angel
Zu spät. Er ist ein toter Mann.
20:07

Es ist 20 Uhr, und Sie hören Radio Plus, den Sender, mit dem Sie die neuesten Nachrichten miterleben können, als wären Sie vor Ort!

Es ist jetzt eine Stunde her, dass durch die App *Guilty* der Standort von Marc Bardys übermittelt wurde. Wie wir alle wissen, sind in unserem Land Wetten auf die Überlebenschancen des Freigelassenen verboten, bei unseren Nachbarn jedoch erlaubt. Wir schalten deshalb zu unserem Auslandskorrespondenten Gaell Ebbflob, der sich für uns im Wettbüro eines renommierten Buchmachers aufhält.

Gaell, du hast mir vor der Sendung erzählt, dass die Anzahl der Wetten noch nie so hoch war.

»Ja, so ist es. Natürlich ist damit diese besondere Art von Wette gemeint. Von den Summen, die bei großen Fußballspielen umgesetzt werden, sind wir weit entfernt. Aber das Interesse daran nimmt zu.«

Ich habe gehört, dass die Quote bei Marc Bardys fünfzig zu eins beträgt!

»Ja, so ist es! Es gibt sehr, sehr viele, die davon überzeugt sind, dass der Haftentlassene seinen Verfolgern nicht entkommen kann.«

Und warum?

»Ich habe soeben mit den Leuten in den Wettbüros gesprochen, und sie haben mir erklärt, dass sein jetziger Standort sich äußerst negativ auswirken wird. Laut Ihrer Auskunft ist es leichter, in einer dicht bevölkerten Zone Verfolgern zu entfliehen als in der freien Natur. Sie haben außerdem das Profil des Haftentlassenen unter die Lupe genommen. Marc Bardys ist für sie ein Junkie, der nicht die notwendige körperliche Fitness hat, um im gebirgigen Terrain lange durchzuhalten. Und auf wessen Hilfe kann er zählen? Etwa auf die anderer Junkies? Sie gehen davon aus, dass er sich als Einzelkämpfer durchschlagen muss und mit keinerlei Unterstützung rechnen kann. Im Übrigen hat sich, während wir hier reden, die Quote zu seinen Gunsten verändert. Sie steht jetzt bei fünfunddreißig zu eins!«

Danke, Gaell, für diese Information. Fünfunddreißig zu eins! Was bedeutet, sofern die Quote die Wirklichkeit spiegelt, dass es nicht mehr lange dauern wird, bis wir vom Ende der vorzeitigen Haftentlassung von Marc Bardys erfahren. Liebe Hörerinnen und Hörer, liebes Publikum, bleiben Sie am Apparat! Mit Radio Plus erfahren Sie aus erster Hand die neuesten Nachrichten. Radio Plus – immer am Puls der Zeit!

22

Tag 6, 20.06 Uhr

Patty greift nach dem Erstbesten, was ihr zwischen die Finger kommt. Einem langen Holzstiel, der neben der Tür an der Außenwand der Hütte lehnt. Zwei Männer kommen ihr entgegen, in Tarnanzügen. Höchstwahrscheinlich Vater und Sohn. Weil sie sich so ähnlich sehen und wegen des Altersunterschieds.

»Hier ist er nicht!«, ruft sie.

Sie geht ihnen mit kräftigem Schritt entgegen, um zu verhindern, dass sie bis direkt vor die Hütte kommen.

»Du suchst ihn auch?«, ruft der Jüngere erstaunt.

»Ja! Ich möchte zu denen gehören, die diesem Arschloch das Licht ausblasen!«

Der Ältere mustert sie misstrauisch.

»Ich checke hier im Wald jeden Winkel, in den er sich verkrochen haben könnte«, legt Patty nach.

Der Mann strahlt ihr mit der Taschenlampe ins Gesicht. Er lässt den Lichtstrahl über den Holzstiel wandern, den sie in der Hand hält, kehrt dann zu ihrem Gesicht zurück. Hat er sie erkannt?

»Ich bin selber grade erst gekommen. Wenn Sie mir nicht glauben, können Sie das gerne überprüfen. Hier – der Motor meines Autos ist noch heiß.«

Der Jüngere legt die Hand auf die Motorhaube.

»Stimmt, ist noch warm«, sagt er zu seinem Vater.

Der zuckt unbeeindruckt mit den Achseln.

»Oder geht es darum, dass ich eine Frau bin?«, versucht Patty ihn in die Enge zu treiben. »Ist es das, was Sie stört?«

Der ältere Mann macht sich nicht mal die Mühe, darauf zu antworten.

»Ich bin aber nicht die einzige Frau«, fährt sie fort. »Es gibt bei euch doch auch Jane alias Gun_27.«

Der Mann ist erstaunt.

»Du kennst Gun_27?«

»Ja, sie hat mir Schießunterricht gegeben. Ich war auch schon bei ihr zum Abendessen. Hab ihren kleinen Sohn Thilo kennengelernt.«

Die Falten auf der Stirn des Älteren verschwinden. Die Info scheint Patty vertrauenswürdig zu machen. Sie bezweifelt, dass er Gun_27 unter ihrem echten Vornamen kennt. Aber er lässt sich nichts anmerken. Sie muss jetzt bloß aufpassen, dass er die riesige Erleichterung bei ihr nicht spürt.

»Die Standortdaten von Bardys sind von einer Stelle auf der Straße übermittelt worden, ein Stück weit weg«, fährt sie fort. »Aber ich hab mir gedacht, besser ich schau auch mal hier in der Hütte nach.«

»Wir haben angehalten, weil wir das Auto gesehen haben«, erklärt der Sohn. »Er muss Richtung Norden unterwegs sein, zur Grenze.«

»Oder das ist nur eine List, er täuscht es uns nur vor, und in

Wirklichkeit versucht er in die Stadt zurückzukommen«, sagt Patty.

»Nein«, entgegnet der Vater. »In die Stadt geht er nicht zurück.« Er spricht mit der Autorität des Jägers, der sich auskennt und keinen Widerspruch zulässt. »Ein gehetztes Wild flieht immer nach vorne. Es kehrt nie um. Hat dir das Gun_27 nicht beigebracht?«

»Ich bin erst ganz frisch dabei«, gesteht Patty. »Das wissen Sie sicherlich besser.«

Ein selbstzufriedenes Lächeln umspielt die Lippen des Mannes.

»Dann sollten wir uns jetzt aufmachen, oder?«, meint Patty. »Richtung Norden. Fahren Sie voraus. Ich folge Ihnen.«

Der Vater blickt sie spöttisch an.

»Würde mich stark wundern ...«

Alles in Patty verkrampft sich. Sie kriegt Panik. Ihr Blick fällt auf die Gewehre der beiden Männer und die Messer, die sie in den Gürteln stecken haben. Sie sind da, um zu töten. Warum nicht auch sie. Der Jüngere sieht den Älteren fragend an. Wartet er auf das Zeichen, dass er sich auf sie stürzen soll? Sie ist den beiden Männern ausgeliefert. Und Marc liegt in der Hütte, schwach, verletzt und von Drogen benebelt.

»Dein Hinterreifen«, verkündet der Vater. »Total platt.«

»Ich ... ich verstehe nicht.«

Der Mann lacht auf, weil sie so schwer von Begriff ist, und richtet den Strahl seiner Taschenlampe auf den rechten Hinterreifen.

»Nichts mehr zu machen!«, ruft er.

Pattys Erleichterung ist so groß, dass sich in ihr alles dreht und sie lachen muss. Ein idiotisches kleines Lachen, über das sich Iris total lustig gemacht hätte.

An Iris zu denken, tut gut.

»Kein Problem, den wechsle ich schnell«, sagt sie. »Fahren Sie schon mal los. Ich möchte Sie nicht aufhalten.«

»Würde dich viel zu viel Zeit kosten«, sagt der Vater. »Du willst doch dieses Arschloch jagen, hast du gesagt. Wir nehmen dich mit ...«

Patty begreift, dass sie keine andere Wahl hat, als zu Vater und Sohn ins Auto zu steigen.

»Ähm ... gerne. Danke für das Angebot.«

»Wenn wir mit dem Typ fertig sind, kommen wir zurück und helfen dir beim Reifenwechsel.«

Er bittet seinen Sohn, sich ans Steuer zu setzen, lädt Patty ein, auf dem Beifahrersitz Platz zu nehmen. Wieder hat sie keine andere Wahl, als zu folgen. Der Vater steigt hinten ein. Will er sie im Auge behalten?

»Ich bin Arthur«, sagt der Sohn, während sie losfahren. »Und du?«

Der erste Vorname, der Patty einfällt, ist der ihrer Schwester.

»Iris?«, wundert sich Arthur. »War das nicht der Name des Opfers von dem Arschloch, das wir jagen?«

Patty wirft einen Blick in den Rückspiegel. Der Vater ist in sein Handy vertieft.

»Ja«, sagt sie. »Deshalb hab ich mich für den Fall auch so interessiert.«

»Heißt das, wenn dein Vorname Jessy wäre, dann würdest du jetzt gemütlich zu Hause sitzen?«

Patty erwidert darauf nichts. Mit einem breiten Grinsen im Gesicht biegt der Sohn vom Waldweg nach links ab.

Patty starrt auf die Straße, erkennt die Kurven wieder, die sie kurz vorher mit Marc durchrast hatte. Kommt an der Stelle vorbei, an der sie einen Moment daran gedacht hatte, das Lenkrad herumzureißen und sich in den Abgrund zu stürzen. Damit endlich alles vorbei wäre.

»Sie organisieren eine richtige Treibjagd«, verkündet der Vater mit Blick aufs Handy.

»Jepp!«, brüllt Arthur und schlägt mit der Faust aufs Lenkrad.

Eine neue Angst bestürmt Patty: An einer Treibjagd nehmen viele Menschen teil, da werden sie viele sehen. Sicherlich wird es da auch jemand geben, der sie erkennt.

»Diese Idioten wollen zwei Gruppen bilden. Eine durchkämmt die Gegend Richtung Norden, die andere Richtung Süden. Richtung Süden! Wenn das richtige Jäger sind, dann bin ich eine Primaballerina!«

Das laute Lachen des Vaters füllt das Auto.

»Muss ja eine schöne Ansammlung von Spaßmachern sein!«

»Was denn sonst«, stimmt ihm sein Sohn zu. »Da toben sich jede Menge Kleinbürger aus, die noch nie auf der Jagd waren und endlich mal die Sau rauslassen wollen. Und uns Profis damit die Arbeit schwer machen.«

»Immer ruhig Blut!«, beruhigt ihn sein Vater. »Wir lassen sie in Richtung Süden suchen. Dann sind sie schneller in der Stadt und können sich von Papa und Mama ins Bettchen bringen lassen.«

Sie brechen beide in schallendes Gelächter aus.

Patty wird in diesem Moment klar, wie gefährlich die Lage für Marc ist. Sie greift nach ihrem Handy.

Die erste Nachricht schickt sie an Helena.

> *Ihr müsst Marc so schnell wie möglich rausholen.*
> *Gleich sind die Lynchjäger da.*

Danach schreibt sie Marc:

> *Halte dich bereit. Die PFR kommen gleich.*
> *Es ist deine einzige Chance.*

»An wen hast du denn gerade Nachrichten verschickt?«, fragt der ältere Mann.

»An meine Mutter. Sie wollte morgen früh das Auto haben. Damit sie sich mit einer Kollegin zusammentun kann, die denselben Weg hat.«

Von hinten kein Kommentar.

Patty bemüht sich, ruhig und tief zu atmen. Sie hat das Gefühl, nicht mehr richtig Luft zu bekommen.

Ein paar Minuten später erreichen sie die Stelle, an der die elektronische Fußfessel Marcs Daten an die App *Guilty* übermittelt hat. Das war vor eineinhalb Stunden gewesen.

Am Straßenrand sind Dutzende von Autos geparkt.

Ryan @HelenaFürEineGerechteJustiz
Lass mich auch dabei sein.

20:35

HelenaFürEineGerechteJustiz @Ryan
Kommt nicht infrage. Das Risiko ist für dich viel zu groß.

20:36

Ryan @HelenaFürEineGerechteJustiz
Ich hab im Einkaufszentrum doch gezeigt, wie einsatzfähig und zuverlässig ich bin.

20:36

HelenaFürEineGerechteJustiz @Ryan
Ja. Aber für solche Einsätze braucht es erfahrene Profis. Später. Erst musst du unsere Ausbildung durchlaufen.

20:37

Ryan @HelenaFürEineGerechteJustiz
Ich bleib im Auto sitzen. Versprochen.
Ich will mitkriegen, wie so was abläuft.

20:37

HelenaFürEineGerechteJustiz @Ryan
Unser Team ist schon unterwegs. Komm zu mir.
Wir machen dann den Check-in.

20:38

23

Tag 6, 21.25 Uhr – Im Gebirge

Patty hat sich den Schal ein paarmal umgewickelt, um Mund und Kinn zu verdecken, und die Baseballkappe tief ins Gesicht gezogen. Ein Typ, der sich auf die Ladefläche seines Pick-ups gestellt hat, wiederholt die Sicherheitsanweisungen. Die Suchtrupps sollen ihre Anführer bestimmen und dann das Gelände durchkämmen, den Haftentlassenen auf seiner Flucht vor sich hertreiben, hin zu den Jägern, die einige Kilometer entfernt Stellung beziehen werden, manche in südlicher, andere in nördlicher Richtung.

Patty hört sich alles reglos an. Hält dabei den Kopf gesenkt, blickt vor sich auf den Boden. Hofft, so von keinem erkannt zu werden. In regelmäßigen Abständen späht sie umher, um zu checken, ob Gun_27 irgendwo auftaucht. Aber das kann gar nicht sein. Gun_27 ist eine einsame Jägerin. Sie läuft bestimmt schon durch den Wald, wittert nach einer Spur. Hat alle Sinne angespannt. Lauscht auf jedes Geräusch, nimmt die kleinste Bewegung wahr, folgt dem winzigsten Hinweis. Patty stellt sich vor, wie Jane dabei Gänsehaut bekommt, wie sie ein Frösteln durchläuft. Wie sie immer wieder an ihren kleinen Sohn Thilo denkt.

Die Männer und Frauen, die sich hier zur Jagd versammelt haben, scheinen alle von derselben Leidenschaft getrieben zu sein. Ob jung oder alt. Egal, aus welcher Gesellschaftsschicht. Viele haben Hunde dabei, die unruhig an den Leinen zerren und auf das Signal ihrer Herrchen warten. Endlich losstürzen zu dürfen. Die Hetzjagd auf die Beute aufzunehmen.

Jeder Satz des Wortführers auf seinem Pick-up löst bei seinem Publikum ein lautes Johlen aus, hasserfüllte, sarkastische Zwischenrufe, durch die sich die Stimmung noch weiter aufheizt. Marc Bardys wird als »Dreckskerl« und »Arschloch« beschimpft, als »Schmarotzer«, als »Junkie« und als »Abschaum der Menschheit«. Als »Bestie, die den Tod verdient hat«. Auf jede Beleidigung und Herabsetzung, auf jeden Zwischenruf folgt ein lautes und immer lauter werdendes Klatschen. Die Hunde fangen erregt zu kläffen an, sind kaum noch zu halten. Menschen und Tiere bilden eine einzige wütende, blutgierige Meute. Eine Hassgemeinschaft. Wild und krank, denkt Patty. Sie fühlt sich davon zutiefst abgestoßen.

»Hier bei mir werden alle Nachrichten zusammenlaufen. Die Anführer der Trupps informieren mich per SMS. Alle anderen bitte ich, ihre Handys auszuschalten«, fährt der Typ auf dem Pick-up nach einer Weile fort. »Und jetzt bleibt mir nur noch, allen eine gute Jagd zu wünschen! Freuen Sie sich daran, genießen Sie den Moment – und vor allem: Halten Sie die Augen offen!«

Seine letzten Sätze werden von einem weiteren wilden Johlen und Geschrei begleitet. Die Hunde kläffen ohrenbetäubend laut.

Patty hält es nicht mehr aus. Mutlosigkeit befällt sie. Am liebsten würde sie sich auf dem Boden zusammenkrümmen und nur noch heulen. Aber wozu sollen Tränen gut sein? Sinnlos, alles total sinnlos. Was kann sie jetzt noch tun? Ihr wird schwindlig, als ihr die Antwort klar wird. Sie beschließt, dass es höchste Zeit ist, sich aus dieser Gesellschaft davonzustehlen. Während sich kleine Gruppen bilden, macht sie unauffällig ein paar Schritte zur Seite. Niemand scheint sie weiter zu beachten. Alle sind viel zu sehr damit beschäftigt, die Suchzonen einzuteilen, mit früheren Heldentaten zu prahlen, ihre Waffen zu überprüfen.

Sie wird nicht an dieser Jagd teilnehmen. Sie wird sich irgendwo verstecken. Sie will nicht Teil dieser Horde sein. Das verkraftet sie nicht.

»Willst du einen Kaffee? Oder eine Wurstsemmel?«, fragt sie ein Mann.

Hinter den geparkten Autos sind Klapptische aufgestellt. Darauf stehen Thermoskannen und Plastikbecher bereit. Zwei Frauen machen sich an großen Kühltaschen zu schaffen, holen Bierflaschen und vorbereitete Wurst- und Schinkenplatten heraus. Aus einem Radio dröhnt laute Musik.

Patty winkt höflich ab.

»Ist nicht gut, mit leerem Magen zur Jagd aufzubrechen«, sagt der Mann und wirft seinem Hund eine Wurstscheibe hin. Der Hund schnappt gierig danach.

Patty lächelt verkrampft und entfernt sich. Sie zieht ihr Handy aus der Tasche.

Helena hat ihr geantwortet:

> Kommando ist unterwegs.
> Ich informiere dich.

Patty schreibt zurück:

> Macht schnell. Die Lynchjäger sind überall. Eine Meute von brutalen, durchgeknallten Typen.

Als sie das Handy in die Tasche zurücksteckt, legt sich plötzlich eine Hand auf ihre Schulter. Sie zuckt erschrocken zusammen.

»Du bist bei uns eingeteilt«, sagt Arthur.

Sie dreht sich um. Lächelt ihn an. Ein paar Meter entfernt beißt sein Vater mit großem Appetit in eine Schinkensemmel.

»Den Süden haben wir den Hobbyjägern überlassen«, meint Arthur zufrieden. »Wir kümmern uns um den Nordsektor.«

Wenn du wüsstest, denkt Patty. Dass die Hobbyjäger, wie er sie nennt, in Richtung Süden losziehen, wo Marc sich versteckt, lässt sie etwas Hoffnung schöpfen.

»In fünf Minuten marschieren wir los«, verkündet der Vater. »Kein Herumtrödeln. Wir wollen dem Häftling ja nicht zu viel Vorsprung gönnen.«

Patty zögert. Sie will nicht das Risiko eingehen, von irgendjemand erkannt zu werden. Was, wenn sie behauptet, dringend aufs Klo zu müssen, und sich dann wegschleicht? Da ist plötzlich Musik zu hören, die näher kommt und immer lauter wird. Ohrenbetäubend laut. Sie dreht sich um.

»Oh nein! Nicht schon wieder!«, ruft Arthur. »Immer diese Aktivisten. Die müssen jedes Mal gegen das Gesetz protestieren. Wie haben die uns nur so schnell gefunden?«

Eine Gruppe von Männern und Frauen kommt ihnen entgegen. Sie recken die geballten Fäuste in die Luft und brüllen laut ihre Parolen.

Mehrere Pick-ups fahren mit, halten auf der Straße an. Bei einem ist auf der Ladefläche ein riesiger Lautsprecher installiert. Ein sintflutartiger Dezibelschwall ergießt sich über Patty. Arthur brüllt ihr ins Ohr:

»Das ist ihre Strategie! Sie drehen die Musik so laut auf, dass einem das Trommelfell platzt. Damit wir uns nicht mehr verständigen und unsere Hetzjagd koordinieren können. Und danach dröhnen sie uns mit ihrer Propaganda zu.«

Während er Patty am Ärmel fortzieht, klettert ein Mann neben dem Lautsprecher auf die Ladefläche des Pick-ups, mit einem Mikro in der Hand. Die Musik hört auf. Eine Stimme ertönt, durch den Lautsprecher vielfach verstärkt.

»WIR SIND DIE PARTISANEN FÜR MEHR RECHTSGERECHTIGKEIT! WIR KÄMPFEN FÜR DIE ABSCHAFFUNG DES GESETZES ZUR VORZEITIGEN HAFTENTLASSUNG!«

Jeder Satz wird begleitet von Buhrufen und Pfiffen der Lynchjäger.

»FÜR GERECHTIGKEIT BRAUCHT ES KLUGHEIT UND BESONNENHEIT! LASST EUCH NICHT VON EUREN NIEDEREN INSTINKTEN LEITEN!«

Arthur zieht sie weiter mit sich fort.

»Komm mit, das bringt überhaupt nichts, sich denen hier entgegenzustellen. Am Schluss endet es immer in einer Schlägerei.«

»MARC BARDYS IST KEIN BEUTETIER! IHR SEID WEDER RICHTER NOCH RÄCHER! LYNCHJUSTIZ IST KEINE LÖSUNG!«

»Wir brechen auf«, verkündet Arthur. »Wenn wir weit genug weg sind, hören wir diese Idioten nicht mehr!«

Um sie herum kläffen und bellen die Hunde. Der Tumult hat

die Erregung der Meute noch gesteigert. Es sind Dutzende. Sie gieren danach, sich auf ihre Beute zu stürzen.

»SCHAFFT DAS GESETZ AB! SCHAFFT DAS GESETZ AB! SCHAFFT DAS GESETZ AB!«

Getränke und Wurstsemmeln verschwinden in den Kühltaschen. Alles wird schnell in die Kofferräume der Autos gepackt. Von der Partystimmung bleibt nichts mehr übrig. Stattdessen herrscht eine Anspannung, die von Minute zu Minute größer wird. Die Kampfrufe der Aktivisten tragen zusätzlich dazu bei. Die Lynchjäger klopfen keine Sprüche mehr, sondern machen sich fertig. Manche haben schwarze Overalls übergestreift und Nachtsichtbrillen aufgesetzt. In ihrer Kluft wirken sie wie Mitglieder einer Eliteeinheit. Sie reden nicht mehr miteinander, sondern verständigen sich durch Handzeichen. Ein letzter Waffencheck findet statt. Als Arthur sie ihrer Gruppe vorstellt, wird Patty mit knappem Kopfnicken begrüßt.

Und dann marschieren sie los.

Einsatzkommando @HelenaFürEineGerechteJustiz
Sind an der Hütte. MB nicht vor Ort. PJ auch nicht.
Nur ein Auto mit zerstochenem Hinterreifen.
Warten auf neue Anweisungen.

22:35

HelenaFürEineGerechteJustiz @Einsatzkommando
MB kann nicht weit sein. Ich kontaktiere ihn.

22:36

HelenaFürEineGerechteJustiz @Einsatzkommando
MB antwortet nicht. Mache mich auf die Suche nach PJ.
Halte euch auf dem Laufenden. Seid wachsam!

22:41

24

Tag 6, 22.39 Uhr – Im Wald

Die Jäger in Pattys Gruppe durchkämmen nebeneinander den Wald, jeder ungefähr zehn Meter von seinem Nebenmann oder der Nebenfrau entfernt. Links von ihr geht Arthur. Rechts neben ihr marschiert eine Frau, die Älteste der Gruppe. Sie ist über sechzig Jahre alt, nicht sehr groß, durchtrainiert und geschmeidig wie eine Raubkatze. Sie wurde von der Gruppe zur Anführerin bestimmt und hat kurz zuvor das Signal zum Aufbruch gegeben. Ihr Name ist Rose. Sie hat klargestellt, dass sie von allen geduzt werden will. Der Strahl ihrer Taschenlampe streift vor ihr von rechts nach links, manchmal auch bis zu Patty, als würde sie ihr nicht ganz trauen. Ist mir doch egal, denkt Patty, und nimmt sich Arthur links von ihr zum Vorbild, ahmt seine Bewegungen nach. Er richtet den Strahl seiner Lampe auf jedes Gestrüpp, leuchtet hinter jeden Baumstamm und untersucht beharrlich jedes dichtere Blattwerk. Sie weiß, dass Marc Bardys hier nicht ist. Aber sie tut, was sie kann, um kein weiteres Misstrauen zu erwecken. Bemüht sich, wie eine eifrige Jägerin zu wirken.

»Wir dürfen diesen Drecksack, diesen menschlichen Abfall nicht entkommen lassen!«, ruft Rose, um ihre Truppe anzufeuern.

Patty ist zwar körperlich anwesend, aber mit ihren Gedanken ganz woanders. Sich so aufzuspalten, ist für sie seit Iris' Tod normal. Sie ist eine Meisterin darin geworden, zu verheimlichen, was sie wirklich empfindet, wer sie wirklich ist.

Feuchtigkeit und Kälte kriechen ihr bis tief in die Knochen. Für diese Art von Operation ist sie nicht richtig gekleidet und ausgerüstet. Rose muss das sofort bemerkt haben, als Arthur sie der Gruppe vorgestellt hat. Die Anführerin hat sie kurz von Kopf bis Fuß gemustert, sich danach wortlos abgewandt. Als alle dann losmarschierten, befahl sie knapp: »Du bleibst neben mir!« In einem Tonfall, der keinen Einwand duldete. Patty hofft, dass Rose in ihr nur ein etwas verpeiltes City-Girl sieht, das mal so eine Jagd miterleben will, weil sie auf der Suche nach dem ultimativen Gefühlskick ist.

»Überprüft jedes Gestrüpp, auch wenn es voller Dornen ist. Ein gejagtes Wild verspürt keinen Schmerz und zögert nicht, sich selbst in Gefahr zu bringen. Ich habe einmal einen Haftentlassenen aus zehn Meter Höhe in einen Abgrund springen sehen. Er ist unten weitergerannt, obwohl ihm das Gesicht zur Hälfte weggerissen war und bei seinem rechten Arm die Knochen herausragten. Die sind zu allem fähig.«

Patty muss an das Video denken, das ihr Seraph vor fünf Tagen gezeigt hat, bei ihrem Treffen im Park: ein Mann, der an einem Metallzaun hängt, mit blutenden Händen. Wie er verzweifelt alles versucht, um seinen Verfolgern zu entkommen. Es wirkt auf sie wie eine Erinnerung aus längst vergangener Zeit, als hätten die dicht gedrängten Ereignisse der letzten Tage die Zeit gedehnt.

Sie befinden sich inzwischen im Wiesengrund eines Tals. Die Bäume stehen hier weniger dicht. Der Boden ist mit feuchtem Moos bedeckt. Nässe dringt in Pattys Schuhe, ihre Füße werden eiskalt. Sie ist völlig erschöpft und fragt sich, wie lange sie noch durchhalten wird. Bald wird sie keinen Fuß mehr vor den anderen setzen können. Das Gebell der Hunde hallt durch die Nacht. Plötzlich vibriert in ihrer Tasche das Handy. Wenn sie drangeht, wird Rose sie sofort zurechtweisen, deshalb lässt sie die Mailbox anspringen. Es kann sich nur um Helena handeln, die ihr mitteilt, dass Marc in Sicherheit gebracht ist. Jedenfalls hofft sie das. Sonst könnten es höchstens noch ihre Eltern sein, die sich Sorgen um sie machen. Sie hat ganz vergessen, ihnen eine Nachricht zu schicken. Wie blöd von ihr! Das wird sie so bald wie möglich nachholen.

»Achtung! Hier kommt ein Bach!«, ruft Rose. »Passt auf, dass ihr nicht ausrutscht! Und sperrt die Augen auf. Wenn der Drecksack hier vorbeigekommen ist, hat er zwangsläufig Fußspuren hinterlassen.«

Patty sucht mit ihrer Taschenlampe die Uferstreifen ab, hält hie und da inne, um den Eindruck zu erwecken, dass sie ernsthaft nach einer Spur sucht.

Als sie mit einem großen Schritt über den Bach springt, fängt ihr Handy erneut zu vibrieren an. Hört wieder auf. Kurz darauf fängt es wieder an. Ihr Herz schlägt plötzlich so wild, dass ihr davon schwarz vor den Augen wird. Die Beine werden ihr schwach. Patty hält es nicht mehr aus, zieht das Handy aus der Tasche und sieht nach.

In derselben Sekunde richtet Rose ihre Taschenlampe auf Pattys Gesicht und ruft barsch:

»Wir hatten gesagt, dass Handys ausgeschaltet bleiben!«

Patty kann gerade noch erkennen, dass die Anrufe von Helena kommen. Sie steckt das Handy wieder weg.

Vier Anrufe innerhalb weniger Minuten. Das kann nichts Gutes bedeuten. Ihr Magen verkrampft sich.

»Alles okay bei dir?«, fragt Arthur. Sie hat ihn nicht kommen sehen.

Patty würde ihm gern erzählen, was sie bedrückt. Aber sie befindet sich hier auf feindlichem Terrain, und obwohl Arthur nett zu ihr ist, zählt auch er zu den Feinden. Sie richtet sich auf. Schaut ihn an.

»Etwas viel für mich. Ich muss dringend mal.«

Ein zustimmendes Nicken von ihm wartet sie nicht ab. Entfernt sich. Als Rose fragt, was los ist, erklärt Arthur es ihr.

Patty rennt zum nächsten Busch, geht dahinter in die Hocke. Zieht hastig ihr Handy raus, dimmt das Display runter, will gerade Helena anrufen, als sie Rose sagen hört:

»Ich vermisse bei dem Mädchen den Stallgeruch. Wo kommt sie eigentlich her?«

Arthur schildert ihr die Szene vor der Hütte.

»Die ist keine von uns! Sie hat ganz bestimmt einen anderen Plan im Kopf!«

Patty will hastig noch ein Stück weiter fort. Sie drückt bei Helena auf Rückruf. Rose kommt mit großen Schritten auf sie zu. Da taucht eine Nachricht von Gun_27 auf.

> *Dein Freund Marc Bardys ist so gut wie tot.*

Patty entfährt ein Schrei. Sie muss dringend Marc anrufen. Muss ihn warnen. Lässt es bei ihm klingeln. Ein Mal. Zwei Mal. Endlich geht er dran.

»Marc, ich bin's. Eine Lynchjägerin. Ganz in der Nähe.«
Patty hört einen stumpfen Laut.
»Hallo? Hallo?«, ruft sie panisch. »Marc? Antworte mir!«
Rose packt sie am Arm und schüttelt sie brutal.
Da taucht auf Pattys Handy wieder eine Nachricht von Gun_27 auf.

> Danke!

Kurz darauf eine weitere:

> Die Hyäne lässt sich nur mit List aus ihrem Bau locken.

Marc BARDYS
Tätlicher Angriff mit Todesfolge auf eine vulnerable Person
20 Jahre
Urteilsvollstreckung im Zeichen der Volksjustiz
heute um 23.06 Uhr

Es ist 23.10 Uhr, und Sie hören Radio Plus, den Sender, mit dem Sie die neuesten Nachrichten miterleben können, als wären Sie vor Ort! Wir unterbrechen unsere laufende Sendung, weil wir gerade – wie Sie alle – erfahren haben, dass der Haftentlassene Marc Bardys erschossen wurde, kaum zwei Tage nachdem man ihn auf freien Fuß gesetzt hatte. Zwei Tage haben ausgereicht, damit im Zeichen der Volksjustiz das Urteil an ihm vollstreckt wurde.

Häufig, das sei hier erwähnt, kann dies fünf bis sechs Tage dauern. Wie ist es zu diesem schnellen Ende gekommen? Wir wollen dazu unsere Sonderkorrespondentin Alice Bardonni befragen, die sich vor Ort befindet. Sie kann uns dazu sicherlich mehr sagen.

Alice, können Sie uns hören?

»Ja. Soeben bin ich an der Stelle im Wald eingetroffen, an der Marc Bardys unschädlich gemacht wurde. Nach ersten Informationen, die ich von Einsatzkräften der Polizei erhalten konnte, wurde er von einer Frau erschossen, die als Einzelgängerin unterwegs ist. Es soll sich dabei um den vierten Abschuss eines Haftentlassenen durch die Schützin handeln. Sollte sich diese Information bestätigen, hält sie damit den Rekord unter den Lynchjägern.«

Aber wie stellt diese Frau das an?

»Das bleibt ein Rätsel, denn sie wollte sich bisher nie öffentlich dazu äußern. Wir wissen nur, dass es sich bei ihr um eine Ausnahmeschützin handelt. In ihrem Sportschützenclub genießt sie höchsten Respekt. Schon immer scheint sie eine Vorliebe für die einsame Jagd in der freien Natur gezeigt zu haben. Den Hunderten von Lynchjägern, die sich heute Abend zur Treibjagd verabredet haben, sollte dies eine Lehre sein.«

In der Tat. Vielleicht sollten wir ergänzend erwähnen, dass es auch heute Abend wieder zu heftigen Zusammenstößen zwischen Befürwortern und Gegnern des Gesetzes zur vorzeitigen Haftentlassung gekommen ist. Die Bilanz lautet zwölf Verletzte, darunter zwei Schwerverletzte aus den Reihen der Gegner des Gesetzes. Doch jetzt noch einmal zurück zur Nachricht, die unser Publikum vor allen anderen interessiert: der Tod von Marc Bardys.

Alice, was gibt es bei Ihnen Neues?

»Es sind hier vor Ort viele Einsatzkräfte und ... ja ... ich entdecke jetzt auch die Schützin, die der Flucht des Haftentlassenen ein Ende bereitet hat. Ich werde versuchen, sie ans Mikrofon zu bekommen ...

... Verzeihung ... verzeihen Sie bitte ... Könnten Sie unseren Hörerinnen und Hörern ein paar Worte sagen? Wie hat sich das hier vor wenigen Minuten abgespielt?«

»Ich habe dazu nichts zu sagen. Ich habe nur getan, was getan werden musste.«

25

Tag 8, 8.12 Uhr – Villa Zacharias

»Pattyyyyyyyyyy!«, ruft Jules und stürmt im Rollstuhl auf sie zu. Patty betritt den großen Aufenthaltsraum der Villa Zacharias. Sein Aufschrei lässt die anderen Kinder und Jugendlichen ebenfalls zur Tür stürzen.

Was Patty an diesem Morgen im Tagebuch ihrer Schwester gelesen hat, erfüllt sie immer noch. Wie immer hatte sie es blind aufgeschlagen, an einer zufälligen Seite. Bei den Worten von Iris musste sie weinen. Aber die Tränen, die ihr übers Gesicht liefen, brannten nicht. Sie waren zärtlich, so als würde ihr Iris über die Wangen streichen. Sie stillten ihre Wut und ein wenig auch ihre Traurigkeit.

»Du hast uns gefehlt«, sagt Emma und nimmt Pattys Hand.

Gil will nach ihrer anderen Hand greifen. Aber Jules stößt ihn weg. Er will ganz nahe bei Patty sein.

»Ihr habt mir auch gefehlt.«

Andreas stellt sich mit ernster Miene vor sie hin. Er wirkt wie ein kleiner verlorener Junge. Ein krasser Widerspruch zu seinem in die Höhe geschossenen Körper, mitten in der Pubertät.

»Gil hat gesagt, dass du nie mehr wiederkommst.«
»Das stimmt nicht«, verteidigt sich Gil.
»Doch hast du!«, ruft Emma. »Zu mir hast du es auch gesagt!«
»Und das habt ihr geglaubt?«, fragt Patty.
Die beiden empören sich:
»Er hat gesagt, du kommst deswegen nicht mehr, weil du uns nicht mehr magst.«
Patty lacht.
»Und das habt ihr geglaubt?«, wiederholt sie.
Andreas zuckt mit den Schultern.
Patty war noch kurz vorher nicht sicher gewesen, ob sie die Kraft aufbringen würde, die Arbeit mit den Jugendlichen fortzusetzen.

Am Tag davor war sie erst am frühen Morgen nach Hause zurückgekehrt. Ihre Eltern warteten im Wohnzimmer auf sie. Kaum war die Haustür hinter ihr zugefallen, standen sie neben ihr und umarmten sie. Sie umarmten sich alle drei gleichzeitig. Danach saßen sie noch lange beisammen. Patty erzählte ihnen alles. Erzählte von ihrer Wut. Von den drei Jahren, in denen sie nur darauf hinlebte, den Tod ihrer Schwester zu rächen. Ihre Mutter fing dabei immer wieder zu zittern an, das spürte sie. Wie hätte es auch anders sein können? Schließlich redeten sie das erste Mal wirklich über den Tod von Iris. Was er in ihr ausgelöst hatte. An schwarzen Gedanken. Patty erzählte von der Vereinbarung mit Seraph, ihrer Begegnung mit Jane, dem fehlgeschlagenen Plan, den Drohungen, dem Hass der Lynchjäger. Ihre Eltern stellten keine einzige Frage, ließen sie einfach nur reden. Den Vornamen ihrer Schwester laut in diesem Haus auszusprechen, tat ihr gut. Ihre Schwester schien ihr und ihren Eltern plötzlich wieder viel näher zu sein. Pattys Mutter weinte. Ihr Vater auch. Er entschuldigte sich. Erklärte, er habe Angst gehabt, der Schmerz und die Trauer um Iris würden noch größer für seine Frau und Patty, wenn er ihren Namen ausspräche. Und so war es gekommen, dass jeder von ihnen stumm und allein geblieben war. Gemeinsam sagten sie mehrmals hintereinander ihren Namen. Iris war wieder nach Hause zurückgekehrt.

Patty erzählte auch von der Textnachricht, die Gun_27 ihr kurz vor dem Tod von Marc geschickt hatte. Wie sie sie dazu gebracht hatte, bei ihm anzurufen. Und durch das Klingeln des Handys genau erfuhr, wo er war. Um ihm noch im selben Augenblick eine Kugel in den Kopf zu jagen. Sie fühle sich an Marcs Tod so schuldig, sagte Patty, als habe sie selbst auf ihn geschossen.

Ihr Vater schloss sie daraufhin fest in seine Arme.

»Du kannst nichts dafür, Patty. Diese Frau hat dich ganz mies reingelegt. Du bist ihr in die Falle gegangen. Du wolltest Marc doch helfen!«

Patty würde es ihrem Vater gern glauben. Aber ob sie das jemals kann?

In der Morgendämmerung waren dann alle schlafen gegangen. Am Nachmittag machten sie einen Besuch auf dem Friedhof. Danach gingen sie ins Restaurant. Dort erzählten sie sich den ganzen Abend lang ihre schönsten oder lustigsten Erinnerungen, die sie an Iris hatten. Es war das erste Mal, dass sie so von Iris redeten. So wie sie gewesen war. So wie sie sie geliebt hatten.

»Jules hat dich gemalt und das Bild über seinem Bett aufgehängt«, verrät Gil.

Jules bekommt einen roten Kopf.

»Weil du immer für mich da sein sollst«, sagt er verlegen.

»Wisst ihr, was wir heute machen?«, ruft Patty.

Sie wenden sich ihr alle mit fragenden Blicken zu.

»Wir basteln Traumfänger!«

»Was basteln wir?«, fragt Andreas.

»Können wir das?«, fragt Emma.

»Ob wir das schaffen? Sag ich euch nicht immer wieder, dass nichts unmöglich ist? Dass das Wort *unmöglich* eine Erfindung von denen ist, die sich nicht trauen, ins kalte Wasser zu springen? Geht nicht, gibt's nicht.«

»Und was ist das, ein Traumfänger?«, fragt Andreas.

»Ein bisschen so was wie das, was Jules gemacht hat.«

»Wir malen dich alle?«, fragt Gil.

Patty lacht.

»Nein. Davor hätte ich viel zu viel Angst. So genau will ich gar nicht wissen, wie ich aussehe.«

»Ich finde dich sehr schön!«, sagt Emma.

Patty berührt mit der Hand Emmas Haare.

»Ein Traumfänger besteht aus einem Holzring. Innen knüpft man ein Netz aus Fäden. Ein bisschen wie eine Spinne, die ihr Spinnennetz knüpft. Die guten und schönen Bilder bleiben darin hängen und die bösen und hässlichen werden von der Sonne verbrannt.«

»Dein Bild wird in meinem Traumfänger niemals von der Sonne verbrannt werden«, sagt Jules.

Auszug aus dem Tagebuch von Iris

Heute bin ich ganz früh aufgewacht, noch vor der Dämmerung, und habe aus dem Fenster geschaut. Nur das Licht der Straßenlampen beleuchtete die Wolken. In der Ferne stieg aus den Schornsteinen Rauch auf. Der Himmel wirkte durch das Wolkenspektakel größer und weiter als sonst.

Ohne zu blinzeln, habe ich in die Wolken gestarrt, so lange, bis mir alles vor den Augen verschwommen ist. Die Formen und Umrisse haben sich aufgelöst und ein großes Ganzes gebildet. Eine einzige, unteilbare Masse.

Wem gehört der Himmel?

Niemandem und mir ganz allein.

Allen, die vor uns diese Welt bewohnt haben.

Allen, die dort in diesem Augenblick leben.

Als die Morgendämmerung angebrochen ist, haben die Wolken eine graue Farbe angenommen, und dort, wo der Wind sie auseinanderriss, wurden hellere Wolkenfetzen sichtbar.

Später färbte die Sonne den Himmel orange, leuchtend und fröhlich. Das Grau verschwand, wenn auch nicht am ganzen Himmel.

Überall verstecken sich Schatten und dunkle Linien, spielen Versteck in den Wolken. Jede dunkle Linie ist ein Faden. Alle diese Fäden bilden einen Traumfänger, der die guten und schönen Bilder bewahrt und alle anderen in der Sonne verbrennt.

Eines Tages werde ich mich in diesen Wolken verbergen und ein Traum werden, ein schönes Bild, das alle, die mich geliebt haben, als Erinnerung in sich tragen.

ICH heiße Helena. Ich bin einundzwanzig Jahre alt. Ich habe es nicht geschafft, Marc Bardys zu retten. Ja, ich hab es richtig verkackt. Ich mache mir große Vorwürfe, dass ich bei der mir anvertrauten Mission versagt habe.

Bardys sollte jetzt in einer Zelle sitzen, um den Rest seiner rechtmäßigen Strafe abzusitzen. Aber auch seine Wiedereingliederung in die Gesellschaft sollte bereits begonnen haben.

Bei der Nachricht von seinem Tod setzten auf der Straße lauter Jubel und ein wildes Hupkonzert ein. Es dauerte bis in die frühen Morgenstunden. Für mich waren es Mahnrufe, dass ich versagt hatte.

Im Bericht für meine Vorgesetzten habe ich meine Irrtümer und Fehler nicht beschönigt.

Am nächsten Tag wurde ich einbestellt, um mein Vorgehen zu rechtfertigen. Sie saßen mir zu dritt gegenüber. Ryan war auch anwesend. Sein platinblonder Haarschopf war verschwunden, sein Schädel kahl rasiert. Auch seine Piercings hatte er nicht mehr. Er erwiderte meinen Blick nicht, sondern starrte die Wand vor sich an.

Meine drei Bosse hielten mir vor, dass ich Patty Johnson Zeit gegeben hatte, den Haftentlassenen Marc Bardys davon zu überzeugen, dass er sich aus freien Stücken in ein Gefängnis der PFR begab. Dadurch verzögerte sich seine Exfiltration unnötig. Die Regeln sind hier klar und eindeutig, verwarnten sie mich. Ein

Haftentlassener, der nicht freiwillig zustimmt, muss mit Gewalt exfiltriert werden.

Das Wertesystem der PFR mit seinem Humanismus basiert in seiner Umsetzung auf einer militärischen Strenge. Nur so kann unser Handeln erfolgreich sein. Nur so bleibt die Sicherheit aller Mitglieder gewährleistet. Diese Regel habe ich akzeptiert, als ich mich der Bewegung angeschlossen habe.

Durch mein Handeln habe ich die Mitglieder des Einsatzkommandos in Gefahr gebracht. Sie konnten nicht mehr anders, als mitten in der Hetzjagd zu intervenieren. Was wäre wohl geschehen, wenn sie zur gleichen Zeit wie die Todesschützin Gun_27 vor Ort eingetroffen wären?

Auf diese Frage wusste ich keine Antwort.

Ich hörte mir die Vorwürfe an, die Verwarnung, den Verweis auf die Regeln unserer Bewegung. Obwohl sie betont haben, dass ich weiterhin ihr volles Vertrauen genieße, weiß ich, dass die Bosse mich jetzt auf dem Schirm haben.

Danach überreichten sie mir ein Blatt mit den notwendigen Informationen zu einer neuen Mission. Ryan auch. Dadurch wurde mir klar, dass wir ab jetzt ein Team sind. Ich soll ihn ausbilden. Und er wird Augen und Ohren für meine Vorgesetzten offen halten.

Ich – oder vielmehr wir – sollen uns um die Exfiltration von Richard Clarke, achtundvierzig Jahre, kümmern. Soeben haben seine Klicks bei der App *Guilty* die Schwelle von drei Millionen überschritten. In wenigen Stunden wird er freigelassen.

Als ich den Grund für seine Verurteilung lese, spüre ich plötzlich einen heftigen Schmerz, wie wenn es mich innerlich zerreißt, und dann löse ich mich auf … ich habe das Gefühl, in unverbundene Einzelteile zu zerfallen, nur noch eine leere, verletzliche Hülle zu sein. Sie haben an etwas aus meiner Vergangenheit gerührt, was ich mit großer Mühe viele Jahre lang in meinem tiefsten Inneren vergraben habe, unter einer dicken Schlammschicht aus Verletztheit Scham, Wut und Schuldgefühl.

Sie wissen nicht, dass dieser Fall mich aus nächster Nähe betrifft, in meiner innersten, mit Füßen getretenen und verhöhnten Intimität. Es ist auch meine Geschichte.

Sie wissen nicht, dass sie Gespenster geweckt haben. Ich werde mich dem stellen müssen, was ich bisher immer verschwiegen habe. Weil ich nie die Kraft hatte, darüber zu reden. Mit niemandem. NIEMALS.

Richard Clarke
48 Jahre
Sexueller Missbrauch von Minderjährigen
3 000 000 Stimmen
Erreicht heute um 18.25 Uhr

Autor

Jean-Christophe Tixier war 20 Jahre Lehrer, bevor er sich ganz dem Schreiben widmete. Er ist Autor zahlreicher Romane verschiedener Genres für Jugendliche und Erwachsene, außerdem schreibt er Comics und Hörspiele. Jean-Christophe Tixier lebt in Pau und in Paris.

Von Jean-Christophe Tixier sind bei cbj erschienen:
Guilty. Du wirst nicht entkommen (31565, Band 1)
Guilty. Dafür wirst du zahlen (31566, Band 2)

In Vorbereitung:
Guilty. Du wirst dafür büßen (31624, Band 3)

Übersetzerin

Bernadette Ott begeistern die Wortspiele und der Drive in Jugendromanen, aber auch die Erzählfantasie und poetische Verwandlung der Wirklichkeit in Kinderbüchern. Ihr Dank gilt allen Autor*innen, in deren Sprache, Gedanken, Gefühle und Lebenswelten sie als Übersetzerin eintauchen darf.

Mehr zu unseren Büchern auch auf Instagram